내 몸은 유리거울이 비춰주고

내 마음은
종이거울이
비춰준다

명상의 바다에서 건져 올린 삶의 지혜 9

종이거울
—마음을 비춰주는 성공명상록

글 · 김재일 / 펴낸이 · 김인현 / 펴낸곳 · 도서출판 종이거울
2007년 2월 20일 1판 1쇄 인쇄 2007년 2월 25일 1판 1쇄 발행
편집진행 · 이상옥 / 디자인 · 정계수
영업 · 법해 김대현, 혜국 정필수 / 관리 · 혜관 박성근 / 인쇄 · 금강인쇄(주)
등록 · 2002년 9월 23일(제19-61호) 주소 · 경기도 안성시 죽산면 용설리 1178-1
전화 · 031-676-8700 / 팩시밀리 · 031-676-8704 / E-mail · cigw0923@hanmail.net

ISBN 978-89-90562-25-8 03810

내 몸은 유리거울이 비춰주고

내 마음은 종이거울이 비춰준다

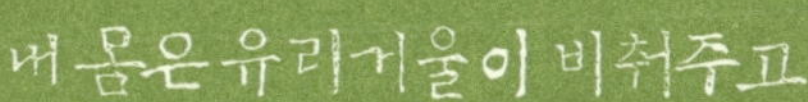

마·음·을·비·춰·주·는·성·공·명·상·록

글 김재일

아무리 세상이 달라져도 분명한 것은 자신을 알아야 성공한다는 사실!
종이거울은 내 자신을 알도록 나의 마음을 환히 비춘다.

종이거울

여러 해 전에 자연생태에 관한 책을 낸 적이 있었다.
그것을 읽고는 한 독자가 편지를 보내왔다.
자연생태를 보는 눈을 새롭게 가졌다는 감사의 편지였다.
자연과 격리된 삶을 살아가는 이의 진솔함과 간절함이 배어 있는 편지였다.

그것을 인연으로 해서 한 단체로부터 글을 써달라는 청탁을 받았다.
자연을 보는 따뜻한 인간의 눈을 많은 이들에게 들려주고 싶다는 것이었다.
그렇게 해서 잡지에 글을 쓰기 시작한 지 벌써 6년을 넘었다.
그동안 다룬 주제는 '자연과 인간의 만남'과 '아름다운 도반(道伴) 이야기'였다.
사실은 그들만의 이야기가 아니었다. 모두의 이야기였고 관심사였다.

인생은 '길 떠나기'이다.
살다 보면, 때로는 길을 잘못 들기도 하고
때로는 길을 아예 잃어버리고 방황하기도 한다.
생로병사와 같은 원초적인 괴로움 말고는
크고 작은 모든 불행이 거기서 온다.
누군가가 '삶은 갈등이요 방황이다'라고 했다.
우리는 하루에도 몇 번씩 길을 잘못 들거나 잃으면서 산다.

‘도반’은 내가 살아오면서 느낀 가장 아름답고 풋풋한 낱말 가운데 하나이다.

도반은 인생의 길을 함께 가는 ‘길벗’을 가리키는 말이다.

나와 함께 살아가는 동안은 부모님과 스승과 친구 모두가 도반이다.

그러나, 도반이 굳이 같은 시대를 살아가는 실존 인물일 필요는 없다.

한 시대를 지나간 인물 가운데도 도반이 될 만한 분들이 많다.

그 분들이 남긴 감동의 글이나 아름다운 일화를 접하는 순간,

그들은 기억의 저편에서 달려와 나의 도반이 되어 함께 길을 가준다.

향(香)을 파는 가게에 갔다 오면, 향을 사지 않아도

향기가 배어나온다고 했다.

도반과 함께 하면 어느새 도반을 닮아가게 될 것이다.

이 책에 담은 글들은 한 시대를 살다 간 도반들의 감동적인 이야기를 모은 것이다.

잠 못 이뤄 뒤척이는 시간에

도반이 들려주는 아름다운 다담(茶談)을 나와 함께 듣기를 원하노니…

2007년 봄이 오는 날에 서문
저자 김재일 씀

차례

방이 어두우니 불을 켜게나

　도산 안창호 선생이 중국 상하이에서 임시정부의 일을 보실 때의 이야기다. 처자식을 미국에 두고 홀로 바다를 건너온 선생은 부하들에게 항상 진실을 강조했다. 어둠 속에서나 혼자 있을 때나 늘 거짓 없이 진실해야 한다고 타일렀다.

　그 당시, 도산 선생을 무척 사모하고 존경하던 한 아가씨가 있었다. 어느 날, 도산 선생에게 이성애(異性愛)를 느낀 아가씨가 선생이 주무시는 처소로 몰래 들어갔다. 홀로 사는 선생의 손이라도 한번 잡아 보고 싶었던 것이다. 그런데 이 같은 사실을 미리 알아차린 선생이 아버지 같은 인자한 목소리로 말했다.

　"어둡지? 저기 책상 위에 성냥이 있으니, 불을 켜게나."

　아가씨는 그만 깜짝 놀라, 선생이 시킨 대로 불을 켜고는 정신없이 방을 빠져나왔다.

도산 안창호와 소년

　1932년 4월 29일, 윤봉길 의사가 중국 상하이에서 의거를 일으키자 일본 경찰은 한국인을 대대적으로 수색했다. 물론 상하이에서 활약하던 도산 안창호 선생도 체포 대상이었다.

　의거가 일어나던 날, 공교롭게도 안창호 선생은 어느 소년의 생일에 참석하기로 전부터 약속이 되어 있었다. 미리 준비해 둔 선물을 들고 막 집을 나서려던 참에 부하 동지가 숨을 헐떡이며 들어왔다.

　"선생님, 마침 계셨군요. 지금 일본 경찰이 선생님을 체포하려고 시내 곳곳에 쫙 깔렸습니다. 이곳도 위험하니, 지금 곧 다른 데로 옮기셔야 합니다."

하지만 안창호 선생은 소년과 한 약속을 저버릴 수가 없었다. 선생은 동지의 간곡한 만류를 뿌리친 채 일본 경찰의 경비망을 뚫고 소년의 집에 도착했다. 사정을 모르는 소년은 선생이 찾아와 선물까지 내놓자 좋아서 어쩔 줄을 몰랐다.

그러나 이미 이 같은 정보를 입수한 일본 경찰은 선생의 뒤를 쫓았고, 선생은 죽을힘을 다해 몸을 피했지만 결국 체포되고 말았다.

그 뒤 선생은 상하이에서 한국으로 압송되어 큰 옥고를 치렀다.

50전짜리 화분

　도산 안창호 선생이 상하이 임시정부에 있을 때의 일이다.

　하루는 춘원 이광수가 도산 선생을 모시고 상하이에 있는 어느 꽃가게
에 가서 화분을 사게 되었다. 도산 선생이 화분 하나를 골랐는데, 그 값
이 70전이었다. 도산 선생은 고개를 내저었다. 그러자 장사꾼이 60전으
로 깎아 주었다. 그러나 도산 선생이 다시 고개를 내젓자, 이번에는 값이
55전까지 내려갔다. 도산 선생은 또다시 더 깎아 달라고 흥정을 했다. 상
황이 이쯤 되자 옆에 있던 이광수가 한마디 했다.

　"선생님, 웬만하면 사시지요."

한 나라의 지도자가 돈 몇 푼 가지고 장사치와 흥정하는 것이 못마땅했던 모양이다.
그러자 도산 선생이 정색을 하며 말했다.
"춘원, 우리가 쓰는 이 돈이 어떤 돈인 줄 아시오?"
도산 선생이 이광수를 보고 꾸짖듯이 되묻자, 이광수는 그만 말문이 막혀 버렸다. 물론 그 돈은 나라를 잃은 백성들이 고국에서 비밀리에 모아 보내 준 독립 운동 자금이었다.
결국 도산 선생은 그 화분을 50전에 사들고 나왔다.

잠깐, 불을 켜지 마라

중국 초나라 장왕이 장수들을 초대해 전쟁에서 승리한 노고를 위로하며 큰 잔치를 베풀었다.

잔치가 한창 무르익었을 때, 난데없이 회오리바람이 불어와 등불이 모두 꺼지고 말았다. 주위가 어수선해지자 장수 하나가 취한 기분에 시중들던 궁녀의 손목을 잡고 희롱을 했다. 궁녀가 비명을 질렀다. 그 궁녀는 왕이 아끼던 궁녀였다.

"누가 내 손목을 잡았어요. 어서 불을 켜 주세요. 제가 그자의 투구 끈을 잡아떼었으니 불을 켜면 범인이 누군지 알 수 있어요. 어서 불을 켜 주세요."

왕은 그 소리를 듣자마자 명을 내렸다.

“잠깐, 불을 켜지 마라. 모든 장수는 지금 바로 자기의 투구 끈을 떼어
내 버려라.”
잠시 후 불을 켰지만, 궁녀는 자기가 잡아뗀 투구 끈이 어느 장수의 것
인지 알 수 없었다.
왕은 궁녀를 농락한 부하 장수의 잘못을 그렇게 용서하고 허물을 덮어
주었다.
훗날 전쟁이 일어나 왕이 위기에 처하자, 장웅이라는 장수가 왕을 죽
음에서 구하고 나라를 지켰다.
그는 죽어 가면서 옛날에 있었던 일을 왕에게 고백했다.
“죽어도 여한이 없습니다…….”

그 뱀을 어떻게 했느냐

중국 초나라 장왕 때의 재상 손숙오(孫叔敖)가 어렸을 때의 이야기다.

어느 날, 밖에서 놀던 손숙오가 양두사(兩頭蛇)를 보았다. 그 당시 머리가 둘 달린 뱀을 본 사람은 그날을 넘기지 못하고 죽는다는 전설이 있었다.

깜짝 놀란 손숙오는 허겁지겁 도망을 쳤다. 그러나 한참을 달리다 걸음을 멈추고 돌아와서는, 길가에 있는 돌을 집어 양두사를 쳐 죽였다. 그런 뒤에 양두사를 땅속 깊이 묻어 남의 눈에 띄지 않게 해놓고 집으로 돌아왔다.

어린 아들이 돌아와서 울자 손숙오의 어머니가 아들을 달래며 말했다.

“그래, 그 뱀을 어떻게 했느냐?”

“다른 사람이 양두사를 보고 또 죽을까 봐, 양두사를 죽여 땅에 묻고 왔습니다.”

그의 말을 들은 어머니는 아들의 등을 두드리며 칭찬해 주었다.

“그래 잘했구나. 걱정 말아라. 예로부터 음덕을 쌓은 사람은 반드시 양보(良報)가 있다고 했으니, 별일 없을 것이다.”

니그로다 사슴의 사랑

　인도의 어느 왕궁 뜰에 수백 마리의 사슴이 살고 있었다. 그 나라 왕은 사슴 고기를 특히 좋아해서 매일 한 마리씩 사슴을 차례로 잡았다. 그 사슴들 중에는 '니그로다'라는 이름을 가진 황금빛 사슴이 한 마리 있었다.

　어느 날, 새끼를 밴 암사슴이 죽을 차례가 되었다. 그때 니그로다 사슴이 나서며 암사슴에게 말했다.

　"당신은 새끼를 낳은 다음에 오시오. 내가 대신 가겠소."

　그러고는 니그로다 사슴이 요리사 앞으로 나갔다. 요리사는 니그로다에게 물었다.

　"네 차례가 아닌데, 어떻게 네가 도마 위에 올라왔느냐?"

니그로다가 사실을 말하자, 깜짝 놀란 요리사가 이 사실을 왕에게 알렸다. 왕 또한 크게 놀라 니그로다를 불렀다.

"아! 너는 한갓 미물에 지나지 않는데, 그 사랑은 끝이 없구나."

왕은 니그로다의 살신성인(殺身成仁)에 크게 감동해, 그 후로는 사슴 고기를 전혀 먹지 않았을 뿐만 아니라 왕궁에 있던 사슴을 모두 풀어 주었다.

음식을 품에 감춘 아이

옛날 어느 고을에 지혜로운 사또가 있었다. 그런데 불행하게도 그에게는 자식이 없었다. 내외는 긴 의논 끝에 양아들을 얻기로 하고, 고을의 아이들을 불러 모아 큰 잔치를 베풀었다.

사또는 동헌에 서서 아이들의 품행을 살펴본 뒤 양아들을 고를 생각이었다.

그런데 한 아이가 차려 준 음식을 먹지 않고 몰래 품속에다 감추는 게 아닌가? 사또는 의아해서 그 아이를 불러 까닭을 물었다.

"저의 집은 몹시 가난한데, 아버지가 병으로 앓아누우셨습니다. 아버지는 평생 이렇게 좋은 음식을 한 번도 드신 적이 없습니다. 그래서 아버지께 갖다 드리고자 음식을 숨겼습니다. 용서해 주세요."

사또는 그 아이의 효행에 감동해 양아들로 삼고, 후한 상을 내렸다.

작은 조약돌 하나

　산속에 한 도인(道人)이 있었다. 그에게는 젊은 제자가 있어, 여러 해 동안 그곳에서 도를 닦았다. 제자는 밤낮 없이 수행을 했지만, 조금도 진척을 보이지 않아 깨달은 바가 없었다.

　하루는 제자가 스승 앞에 나아가 무릎을 꿇고 그 까닭을 물었다.

　그러자 스승은 자리에서 일어나더니 제자에게 시냇가에 가서 큰 돌을 하나 들고 오라고 했다.

　잠시 후, 제자가 큰 돌을 안고 돌아왔다. 스승은 그 돌을 다시 제자리에 가져다 놓으라고 했다. 그리고 이번에는 큰 돌 대신 작은 조약돌 하나를 가져오라고 했다. 제자가 시냇가로 가서 작은 조약돌을 주워 오자, 스승은 또다시 그것을 제자리에 가져다 두라고 했다.

　그런데 얼마 후 제자는 작은 조약돌을 도로 가지고 왔다. 제자리가 어디인지 도무지 알 수가 없었던 것이다.

　스승은 그때서야 웃으면서 말했다.

"세상에는 큰일보다 하기 어려운 작은 일도 있느니라. 작은 것을 늘 업
신여겨 온 네 탓을 이제 알겠느냐?"

뱃사공과 풍금

조선 말, 어느 외국인 선교사의 이야기다.

선교사가 교회에서 쓸 작은 풍금을 가지고 강나루로 나왔다.

"여보, 사공 영감. 저 짐도 좀 건네주시오."

"네, 걱정 말고 타십시오. 사람 먼저 건네 드리고 짐은 다음 배로 실어 드리리다."

그런데 먼저 강을 건넌 선교사가 그만 짐을 깜빡 잊은 채 가 버렸다. 사공은 나중에야 그 사실을 알았지만, 이미 오랜 시간이 지난 뒤였다.

몇 해가 지난 어느 겨울이었다.

누가 문을 두드리기에 선교사가 나가 보았더니, 바로 그 늙은 사공이 서 있었다.

"주소라도 좀 알려 주지 않고선."

사공이 마당에 내려놓은 짐은 선교사가 몇 해 전에 사공에게 맡겼던 바로 그 풍금이었다.

복주머니

　옛날에 한 가난한 사람이 있었다. 어느 날 꿈에서 천신(天神)을 만난 그는, 염치 불구하고 자신이 잘 살도록 해 달라고 애원했다. 워낙 가난하게 살아온 인생이라, 가난 면하는 것이 포원이 되었기 때문이다.

　그러자 천신은 그를 어디론가 데리고 갔다. 그곳에는 크고 작은 복주머니들이 천장에 가득 매달려 있었다. 그런데 천신이 가리킨 그의 복주머니는 너무 작고 보잘것없었다.

　'아아, 부자의 한 달치도 안 되는 복으로 평생을 살아야 하다니…….'

　그가 너무 실망하자 천신은 그에게 다른 사람의 복주머니를 잠시 빌려 주었다.

"이 복주머니의 주인은 아직 세상에 태어나지 않았네. 주인이 태어나면 곧바로 돌려 주어야 하네."

그가 꿈에서 깨어나자, 벌써 부자가 되어 있었다.

어느덧 세월이 흘러 복주머니의 주인이 세상에 태어났다. 그러자 그는 다시 가난뱅이로 되돌아가고 말았다. 그는 천신을 찾아가서 애원했다.

그 모습을 본 천신은 몹시 안타까운 표정으로 말했다.

"자네가 부자로 살 때 남을 좀 도왔더라면, 다시 이렇게 되지는 않았을 터인데. 쯧쯧."

톨스토이와 거지

러시아의 위대한 작가 톨스토이가 어느 날 길을 가고 있었다.

그때 거지 하나가 길을 막으며 구걸을 했다. 톨스토이는 주머니를 뒤져 보았지만 그날따라 돈이 한 푼도 없었다.

그는 매우 미안해 하며 거지에게 더듬더듬 말했다.

"미안하구려, 형제여! 안타깝게도 지금 내겐 돈이 한 푼도 없소."

그러자 거지가 허리를 구부려 감사의 뜻을 표하며 말했다.

"선생님, 누구신지는 모르겠으나 당신은 제게 돈 이상의 귀한 것을 주셨습니다. 저를 형제라고 불러 주신 것입니다. 정말 감사합니다."

삼천 원으로 벗어난 무거운 짐

경상도 칠곡 어디엔가 한 청년이 살고 있었다. 가난한 청년은 학생도 아니면서 몇 번이나 학생 승차권으로 버스를 타고 다녔다. 처음에는 아무렇지도 않았으나 그 사소한 잘못이 습관적으로 반복되자, 그는 심한 죄책감을 느꼈다.

청년은 뒤늦게 후회를 하고, 그 뒤로 다시는 학생 승차권으로 버스를 타지 않았다. 그러나 그 전에 저지른 실수가 늘 마음에 걸렸다.

그래서 청년은 그 동안의 잘못을 용서해 달라는 편지와 함께 현금 3,000원을 버스 회사로 보냈다.

어느 늙은 환자의 사랑

    30여 년 전, 어느 병원에서 있었던 일이다. 한밤중에 젊은 결핵 환자가 갑자기 매우 심한 각혈을 하며 쓰러졌다. 마침 엉긴 핏덩어리가 기도(氣道)를 막아 젊은 환자는 질식사하기 직전이었다. 의사와 간호사가 달려왔지만, 공교롭게도 흡인기(吸引器)가 고장 나서 기도를 막고 있는 핏덩어리를 빼낼 수가 없었다. 모두가 숨져 가는 환자를 안타깝게 바라보고만 있었다.

    그때 저쪽 침대에 누워 있던 한 늙은 환자가 다가왔다. 그는 각혈로 숨이 막혀 있는 환자의 코와 입을 자신의 입으로 빨기 시작했다. 얼마쯤 지나자 젊은 환자의 기도를 막고 있던 핏덩어리가 툭 하고 빠져나왔다. 쓰러진 환자는 '휴' 하는 긴 숨을 몰아쉬면서 의식을 회복하고, 죽음 문턱에서 되살아났다. 모두가 기사회생한 그를 보며 기뻐했다.

    그 늙은 환자는 젊은 환자를 위기에서 구해 준 얼마 뒤에 세상을 떠나고 말았다.

어리석은 부자 이야기

옛날에 매우 어리석은 부자가 있었다. 어느 날 그는 이웃 부잣집에 갔다가 웅장하고 화려한 삼층 누각을 구경하게 되었다. 부자는 자기도 그같은 삼층 누각을 갖고 싶었다.

그래서 집으로 돌아오자마자 곧 목수를 불렀다.

"거대하고 웅장한 누각을 지어 주시오."

부자의 부탁을 받은 목수는 곧 땅을 고르고 벽돌을 쌓아 누각을 짓기 시작했다. 그런데 벽돌 쌓는 것을 지켜보던 부자가 목수에게 이렇게 말하는 것이 아닌가.

"나는 아래 두 층은 필요 없으니 삼층만 지어 주시오."

그러자 목수는 이 같은 말을 남기고 그만 떠나 버렸다.

"어떻게 그럴 수가 있습니까. 나는 아래층이 없는 삼층 누각을 지을 재주가 없습니다."

새끼 꼬기

옛날 어느 부잣집에 머슴이 둘 있었다. 내일이면 1년간의 머슴살이를 끝내고 주인집을 나가는 날이었다.

그런데 저녁 무렵 주인 영감이 찾아와서는 오늘 밤 안으로 새끼를 좀 꼬아 달라고 부탁했다.

"지독한 영감태기 같으니라고. 마지막 날까지 우릴 이렇게 부려 먹다니!"

한 머슴이 투덜거리며 불평을 했다. 그러고는 새끼를 꼬는 둥 마는 둥 하며 게으름을 잔뜩 피웠다. 그러나 다른 한 머슴은 불평 한마디 없이 새끼를 꼬았다.

다음날 아침, 두 머슴은 주인집을 떠나기 전에 새경을 받으러 갔다.

그때 주인이 많은 돈을 마당에 쏟아 놓으며 두 머슴에게 말했다.

"자네들 그동안 수고했네. 힘든 일을 자신의 일처럼 잘 해주었으니, 새경은 자네들이 꼰 새끼줄에 가득 꿰어 가게나."

게으름을 잔뜩 피운 머슴은 새끼줄이 짧아 돈을 조금 밖에 꿰어 가지 못했다.

천국과 지옥

　어떤 사람이 천당과 지옥을 구경하러 갔다. 그런데 천당이나 지옥이나 다 같이 먹을 것이 풍족했다. 거기에 사는 사람들은 한결같이 팔 길이보다 더 긴 숟가락으로만 식사를 할 수 있었다.

　지옥에 사는 사람들은 어떻게 해서든 굶주림을 면하려고 열심히 숟가락질을 했으나, 팔 길이보다 더 긴 숟가락으로는 도저히 입으로 밥을 가져갈 수가 없었다. 그래서 지옥 사람들은 모두가 하나같이 기아에 허덕였다.

　그런데 천당에 사는 사람들은 똑같은 숟가락인 데도 아무런 불편 없이 식사를 했으며, 모두들 혈색이 좋았다. 한 사람도 굶는 이가 없었던 것이다.

　무슨 까닭인가 하고 유심히 살펴보았더니, 천당 사람들은 자기의 긴 숟가락을 이용해서 서로 다른 사람의 입에 밥을 떠 넣어 주고 있었다. 그래서 천당 사람들은 늘 화목하고 건강했다.

프란츠 요셉 황제 이야기

　오스트리아의 황제 프란츠 요셉 1세는 아량이 넓은 왕으로 민주화를 이루는 데 크게 이바지했다.

　하루는 왕이 궁궐의 주방과 가까운 복도를 거닐고 있었다. 그때 외투를 입은 한 요리사가 앞을 지나가는데, 그의 외투 밑으로 생선의 꼬리가 보였다. 왕은 요리사의 어깨를 툭 치면서 말했다.

　"다음부터는 좀 더 긴 외투를 입던지, 아니면 꼬리가 짧은 생선을 가지고 가게."

　이렇게 말한 왕은 큰 소리로 허허 웃었다.

　비린내 나는 생선을 들고 왕궁 복도를 지나는 일은 관례가 아니었지만, 왕은 유머로 이해를 해준 것이다.

　또 오스트리아 빈에는 주로 서민들이 찾아와서 노는 '브랏타' 라는 공원이 있었다. 왕은 서민들이 어떤 생활을 하는지 알아보기 위해 부관을 대동하고 가끔 그 공원을 찾곤 했다.

어느 날이었다. 여느 때처럼 공원을 돌아보는데, 한 젊은 남녀가 왕의 행차에도 아랑곳 않고 서로 부둥켜안은 채 입을 맞추고 있었다. 왕이 행차한다는 사실을 미리 알리지 않아 시민들이 황제 앞에서 무례한 작태를 보이게 한 부관은 안절부절못했다.

그러나 왕은 그러한 사실을 눈치 채고는 웃으면서 말했다.

"내버려 두게. 여전히 저러고 있으니 더욱 기쁘네."

할배 선생 파이팅!

　어느 고등학교에 정년퇴직이 가까운 한 교사가 담임을 맡고 있었다. 별명이 할배 선생인 그는 다른 학급의 젊은 담임에 비하면 무능하고 패기도 없었으며, 모든 일에 고리타분하고 노약(老弱)했다. 그래서인지 그 학급은 모든 행사에서 꼴찌를 면치 못했다.

　교내 체육 대회가 열리는 날이었다. 학생들의 청백전 이어달리기가 끝난 뒤, 교사들도 청백으로 나누어 이어달리기를 했다. 이때 교장 선생님은 병약한 늙은 교사를 배려해 청백 달리기에서 빼 주었다.

　그런데 늙었다는 이유로 담임 선생님이 교사들의 이어달리기에서 빠진 사실을 뒤늦게 알게 된 학급 간부들이 교장 선생님을 찾아가 담임 선생님이 운동장에서 달리는 모습을 보고 싶다고 했다.

　교장 선생님은 학생들의 항의를 받아들여, 늙은 교사를 청군에 넣어 다른 젊은 교사들과 함께 달리도록 했다.

할배 선생이 앞 선수의 바통을 받아 운동장을 달리는 동안, 그 학급 학생들은 운동장 외곽을 함께 돌며 담임인 할배 선생을 응원해 주었다.

결국 할배 선생 때문에 청군이 역전패를 했지만, 학생들과 선생님들은 모두 일어나 박수를 쳐 주었다.

독일 카메라 가게 주인

어떤 사람이 독일로 여행을 떠났다. 독일산 카메라가 품질이 좋다는 이야기를 들은 그는, 언젠가 선물로 받은 미국제 카메라를 독일제로 바꾸기 위해 백화점으로 달려갔다. 그는 이 기회에 웃돈을 얹어서라도 꼭 독일제 카메라로 바꾸고 싶었다.

그런데 그의 카메라를 살펴보던 가게 주인이 의아한 눈빛으로 말했다.

"당신 카메라가 더 좋은 것인데, 왜 굳이 웃돈까지 얹어서 바꾸려고 하시우?"

그는 무안을 당한 것이 좀 불쾌했지만, 가게 주인의 진실함이 그 어떤 친절보다 오래도록 고마웠다.

정수동은 좋은 친구

　한말의 영의정 김홍근과 당시의 기재(奇才)인 정수동은 절친한 사이였다.

　어느 날 정수동이 김홍근의 집을 불쑥 찾아갔다. 두 사람이 사랑채에 앉아 있는데, 마침 계집종 하나가 허겁지겁 달려와 어린아이가 돈을 가지고 놀다가 삼켰다며 호들갑을 피웠다. 집안 식구들은 모두 당황해서 안절부절못했다.

　그때 정수동이 느긋하게 물었다.

　"아이가 삼킨 돈이 제 돈이냐, 아니면 남의 돈이냐?"

　계집종은 "자기 돈"이라고 대답했다. 그 말을 들은 정수동은 웃으면서 말했다.

"걱정할 것 없다. 그냥 두어라. 요즘 세상에 남의 돈을 2만 냥이나 먹고도 죽기는커녕 편히 잘도 사는데, 남의 돈도 아닌 제 돈 한 푼 삼켰다고 죽기야 하겠느냐. 염려 말고 조금 기다려 보아라."

옆에서 이 말을 들은 영의정 김홍근은 뭔가 찔리는 데가 있었다. 그 무렵 김홍근은 뇌물 2만 냥을 받아 세상의 지탄을 받던 차였다.

이 일이 있은 뒤 김홍근은 하인을 시켜 뇌물로 받은 2만 냥을 돌려 주었다.

김홍근에게 있어 정수동은 정말 좋은 친구였다.

은혜의 페니실린

페니실린을 발명한 플레밍은 소년 시절을 시골에서 보냈다. 그때 도시에서 온 소년 하나가 호수에서 수영을 하던 중에 발에 쥐가 나 익사할 위기에 처했다. 소년의 비명을 들은 플레밍은 달려가서 그를 구해 주었다. 그 일로 두 소년은 친구가 되었다. 생명의 은인인 플레밍에게서 의사가 되고 싶다는 말을 들은 소년은, 부모님과 상의해 플레밍이 의학 공부를 마칠 수 있도록 적극 도와주었다. 오랜 세월이 흐른 뒤, 플레밍은 페니실린을 발명해 세계적인 의학자가 되었다. 그런데 그 무렵 친구는 그만 폐렴에 걸려 죽게 되었다. 당시만 해도 폐렴은 지금의 암과 같은 두렵고 무서운 병이었다. 이때 플레밍이 발명한 페니실린을 서둘러 보냄으로써 친구는 다시 새 생명을 얻었다. 만일 플레밍이 의학 공부를 할 수 있도록 돕지 않았더라면 친구도 죽고 말았을 것이다.

세상은 생각하기 나름

　어떤 노인에게 아들이 둘 있었다. 큰아들은 짚신 장사를 하고, 작은아들은 나막신 장사를 했다. 그런데 이 노인은 날마다 얼굴을 찌푸리고 살았다. 날이 맑으면 작은아들의 나막신이 팔리지 않아 굶주림을 면치 못할 것이고, 날이 궂으면 큰아들의 짚신이 팔리지 않을 테니 그 또한 걱정이 태산이었다.

　그래서 어리석은 노인은 매일 하늘을 보며 불평을 하고 욕을 해댔다.

　어느 날, 이 같은 노인의 모습을 보다 못한 이웃 사람이 이렇게 위로해 주었다.

　"영감님, 그렇게 걱정만 하시지 말고요. 해가 쨍쨍하거든 짚신 장사하는 큰아들이 잘살겠구나 생각하고, 또 비가 오면 나막신 장사하는 작은아들이 잘살겠구나 하고 생각해 보세요. 그러면 날마다 기쁘고 행복한 날일 것입니다."

　노인은 그때서야 자신의 불평불만을 부끄럽게 여겼다.

독화살 이야기

　어떤 사람이 독 묻은 화살을 맞고 사경에 이르렀다. 사람들은 서둘러 화살을 뽑고 의사를 부르려고 했다.

　그러나 화살을 맞은 사람은 한사코 화살 뽑는 것을 반대했다. 화살을 쏜 범인이 누구인지, 어느 방향에서 쏘았는지, 왜 쏘았는지를 먼저 알아내야 한다는 것이었다.

　그는 이 모든 사실이 밝혀지기 전에는 화살을 뽑아서는 안 된다고 했다. 결국 그는 범인이 밝혀지기 전에 온몸에 독이 퍼져 그만 세상을 떠나고 말았다.

홍서봉의 어머니

조선 시대에 영의정을 지낸 홍서봉의 어머니 유씨는 남편을 일찍 잃었다. 그런 탓에 아들의 아버지 노릇까지 하며 홍서봉을 키웠다.

유씨는 아들에게 글을 가르칠 때, 외간 남자를 대하듯이 아들과의 사이에 병풍을 쳤다. 그러자 어떤 사람이 그 까닭을 물었다.

"어미는 아이를 대할 때 아버지처럼 엄격할 수가 없습니다. 여자이기 때문이지요. 아이가 글을 잘 읽으면 자기도 모르게 얼굴에 기쁜 빛을 떠올리게 됩니다. 그래서는 자칫 아이에게 자만심만 길러 주기 때문에 아이 얼굴을 못 보게 병풍으로 가리는 것입니다."

행복한 사람의 속옷

　부와 명예와 권력을 다 가져 부러운 것이 없는 한 임금이 있었다. 그런데 그가 그만 죽을병에 걸려 자리에 드러눕고 말았다. 나라 안에 있는 의사들을 모두 불러 모았지만, 백약이 무효였다.

　그때 한 현자(賢者)가 찾아와 살아날 수 있는 비법을 말해 주고 갔다. 그 비법이란 나라 안에 있는 '행복한 사람'을 찾아가서 그의 속옷을 얻어다 입히면 병이 낫는다는 것이었다.

　신하들은 여러 방면으로 흩어져 '행복한 사람'을 찾아 나섰다. 그러나 스스로 행복하다고 말하는 사람은 어디에도 없었다.

　그러던 어느 날, 한 신하가 두메산골 오두막집에서 살고 있는 바로 그 '행복한 사람'을 찾아냈다. 그는 흙을 파먹고 사는 가난한 농부였다. 신하들은 그에게 자초지종을 이야기하고는 속옷을 벗어달라고 했다.

　그러자 농부는 고개를 저으며 말했다.

　"저는 가난해서 여태 속옷이라는 걸 입어 본 적이 없나이다."

보람 없는 일

연세대학교 원한경(언더우드) 박사가 한국에 있을 때의 일이다.

어느 날, 인부들을 불러 우물을 파게 했다. 인부들은 일당을 받고 진종일 구슬땀을 흘리며 땅을 파 내려갔다. 다음날이었다. 원 박사는 장소가 나쁘다며 어제 판 곳을 흙으로 도로 메우고 다른 곳을 파라고 지시했다. 다음날도 인부들에게 전날 파 놓은 곳을 메우고 다시 다른 곳을 파라고 시켰다. 드디어 4일째, 이번에는 전에 팠다가 메운 곳을 다시 파라고 했다. 그러다 보니 인부들은 한 우물도 파지 못한 채 지쳐 버렸다. 힘이 들어서가 아니었다. 일을 해도 보람이 없었기 때문이다.

"어차피 돈 벌러 나온 길이니, 당신들은 임금을 받고 일만 하면 되잖소?" 원 박사가 이렇게 말하자, 인부들은 투덜거리며 모두 가 버렸다.

"같은 일을 해도 무슨 보람이 있어야지. 원, 이런 일은 다시는 못 하겠소." 그들의 뒷모습을 바라보던 원박사가 빙그레 웃었다.

불신의 기도

　어느 학교에서 소풍을 갔다. 가는 도중에 구름이 끼어 금방이라도 비가 쏟아질 것 같았다. 선생님은 비가 오지 않게 해 달라고 간절히 기도했다. 그러고는 아이들에게 기도를 했으니까 비가 오지 않을 것이라고 말했다. 아이들은 선생님을 믿었다.

　그런데 얼마 안 가서 비가 쏟아졌다. 선생님은 가지고 온 우산을 꺼내서 펴고, 우산이 없는 아이들을 우산 아래로 불러들였다. 그때 한 아이가 우산 속으로 들어오지 않은 채 비를 맞고 서 있었다.

　"선생님, 기도를 하면 비가 오지 않는다고 했잖아요!"

　그 아이는 거짓말을 한 선생님이 밉다며 울면서 빗속으로 뛰어갔다.

　선생님은 그 아이를 바라보며 '기도할 줄 아는 사람으로 크게 해달라'고 기도했다.

너도 가서 그와 같이 하라

어떤 율법사가 예수에게 물었다.

"이웃을 네 몸같이 사랑하라고 하셨는데, 누가 내 이웃입니까?"

그러자 예수가 말했다.

"어떤 사람이 산길을 가다 강도를 만났는데, 옷과 돈을 빼앗기고 상처까지 입어 거의 죽게 되었다. 그때 한 제사장이 지나가고, 또 한 레위 사람이 지나갔으나 둘 다 못 본 척했다. 그런데 마침 한 사마리아 사람이 지나다가 그를 불쌍히 여겨 주막으로 데리고 가서 치료를 해주었다. 이 세 사람 중에 누가 강도당한 자의 이웃이냐?"

율법사는 자비를 베푼 사마리아 사람이라고 대답했다.

이에 예수가 자애롭게 말했다.

"너도 가서 그와 같이 하라!"

한 노부부의 사랑

    금혼식(金婚式)을 앞둔 부부가 있었다. 지난 50년 동안 자신과 부인이 부부로서 정말 서로 의지하고 살아왔는지 궁금했다.

    그래서 부인에게 이런 제의를 했다. 살면서 가장 행복했던 곳을 마음속에 정해 두고, 따로 집을 떠나 그곳에서 만나자는 것이었다. 나중에 두 사람이 같은 장소에서 만나면 그간 부부로서 한마음 한뜻으로 살아온 것일 테고, 그렇지 못하고 서로 다른 곳에서 기다리다 돌아온다면 그동안 두 사람은 빈껍데기로 살아온 것이라고 노인은 생각했다.

    노인은 가장 가난하고 어려웠을 때 살던 집을 찾아갔다. 그런데 가는 도중에 그만 버스를 잘못 타는 바람에 몇 시간이 지난 후에야 도착했다. 아내는 그곳에서 몇 시간을 떨며 서 있었다.

역겨운 고기는 토해 낼 것이니라

　이익(李瀷) 선생은 조선 시대 실학사상가의 태두로 알려져 있다. 그의 실학사상은 제자들에게 면면히 이어져 한 줄기는 정약용 등의 실학사상으로, 또 한 줄기는 안정복 등의 경학적 개혁 사상으로 뿌리를 내렸다.

　청렴결백했던 그는 노년을 무척 어렵게 보냈다. 그의 외아들인 이맹휴(李孟休)는 벼슬길에 올랐을 때 끼니를 못 때우는 아버지를 생각해서 먹을 것을 보내 주었다. 그러나 이익은 그것들을 내치면서 아들에게 이 같은 편지를 보냈다.

　"무릇 백성에게서 거두어들이는 것은 열 중 아홉은 비리(非理)인데, 이런 것으로 아버지를 봉양하는 처사가 옳은 것이냐? 나는 내 밭을 일구어 주림을 구하고 추위를 면할 수 있으니, 네가 보낸 이 역겨운 고기는 마땅히 토해 낼 것이니라."

하나호의 선장

　평생을 바다에 몸 바쳐 온 중년의 선장이 있었다. 그런데 선원들을 태우고 고기를 잡으러 먼 바다로 나갔다가 불행하게도 풍랑을 만났다.

　망망대해, 그것도 캄캄한 밤중이라 선원들은 우왕좌왕 어찌할 바를 몰랐다. 선장은 구명보트를 내려 바다에 띄우고는 선원들에게 하선을 명했다. 배는 점점 기울어 바닷속으로 가라앉기 시작했다. 선원들이 모두 구명보트로 옮겨 탄 것을 확인한 선장은 조타실로 들어가 긴급 구조를 요청하는 무전을 쳤다.

　순간, 배가 아주 가라앉았고 선장은 보이지 않았다. 다음날 구조 신호를 받은 구조선에 의해 선원들은 모두 구조되었지만, 선장의 모습은 끝내 보이지 않았다.

장군이 된 운전병

한 장군이 있었다. 장군은 우연한 기회에 자기의 차를 모는 운전병의 생일을 알게 되었다. 장군은 운전병에게 무엇을 선물해 줄까 곰곰 생각했다.

드디어 운전병의 생일이 다가왔다.

"자네, 그동안 수고 많았네. 오늘은 자네가 내 자리에 앉게. 오늘만은 내가 핸들을 잡겠네."

장군은 운전병을 뒷자리로 보내고, 대신 앞자리에 앉아 하루 종일 핸들을 잡고 일을 보러 다녔다.

운전병은 군 생활 수십 개월 만에 처음이자 마지막으로 장군이 되어 뒷자리에 앉아 보았다. 운전병에게는 그 어떤 선물이나 훈장보다 더 영광스러운 추억이었다.

범여울 전설

강원도 정선의 범여울은 산이 높고 골이 깊어서 옛날에는 부근에 호랑이가 살았다. 어느 날 어미 호랑이가 새끼들을 데리고 사냥을 나왔다가 깊은 밤에 그 개울을 건너게 되었다. 그런데 낮에 비가 와서 갑자기 물이 불어난 데다 물살도 세찼다.

그런 줄 모르던 어미는 여느 때처럼 새끼를 데리고 개울을 건넜다. 그런데 뒤따라오던 새끼 한 마리가 가운데쯤에 와서 물살을 이기지 못해 둥둥 떠내려갔다. 졸지에 새끼를 잃어버린 어미는 밤만 되면 산에서 내려와 그 여울목에서 울어댔다.

그 일이 있은 후 마을 사람들은 그 여울목을 '범여울' 이라 하고, 해가 떨어지면 호랑이가 나타날까 봐 두려워서 함부로 그 개울을 건너지 않았다고 한다.

양철 지붕 위의 작은 못 하나

양철 지붕 위에 있던 작은 못 하나가 불평을 해댔다.

"평생 꼼짝 못하고 박혀서 하늘만 쳐다보니, 이게 무슨 꼴이야."

작은 못은 제자리에서 벌떡 일어나 땅으로 도망을 쳤다. 그렇게 땅으로 내려온 작은 못은 이곳저곳으로 신나게 구경을 다녔다.

그러던 어느 날, 비바람이 몰아쳤다. 못이 도망 나간 지붕은 바람에 견디지 못하고 덜렁거렸다. 그때 주인이 와서 바닥에 떨어진 못을 주웠다.

"이놈이 여기에 빠졌군."

주인은 땅에 떨어진 못을 주워 제자리에 도로 박아 두었다. 작은 못은 그때서야 자기가 이 집에서 필요한 존재라는 사실을 깨달았다.

한 스님이 있었다

마음을 닦은 한 스님이 인도에서 많은 책과 불상을 구해 고국으로 돌아가는 길이었다. 그런데 스님이 탄 배가 너무 많은 사람과 짐을 싣는 바람에 바다 가운데에 이르러 가라앉으려고 했다. 그러자 많은 사람들이 짐을 가지고 다투어 작은 배로 옮겨 탔다. 그러나 스님은 작은 배에 옮겨 타지 않았다.

뱃사공이 스님을 불렀지만, 스님은 고개를 내저었다. 스님은 오히려 작은 배에 너무 많이 탄 사람과 짐이 염려되었다.

아니나 다를까, 뱃사공이 노를 젓기도 전에 작은 배는 서서히 가라앉기 시작했다.

솔잎을 길에 뿌린 까닭

　어떤 아들이 늙은 어머니를 업고 꽃구경을 하러 산으로 갔다. 사실은 꽃구경이 아니라 어머니를 내다 버리러 가는 걸음이었다. 그런 줄도 모르고 어머니는 자신을 업고 가는 아들이 힘들어 하는 것이 못내 가슴 아팠다. 아들이 산속으로 더 깊이 접어들자 어머니는 솔잎을 따서 띄엄띄엄 길에 뿌리면서 갔다.
　"어머니, 솔잎은 왜 따서 길에 뿌리십니까?"
　아들이 묻자, 등에 업힌 어머니가 말했다.
　"돌아갈 때 네가 길을 잃어버릴까 봐 걱정이 돼서 그런다."
　아들은 어머니를 산속에다 내다 버리려 했던 자신을 깊이 뉘우치고, 어머니를 업고 산을 내려왔다.

나무꾼의 탄식

옛날에 한 나무꾼이 있었는데, 어느 날 나무를 하러 갔다가 호랑이를 만났다. 입에 가시가 박힌 호랑이였다. 나무꾼은 호랑이의 입에서 가시를 뽑아 주었다. 그러자 호랑이가 그 보은으로 나무꾼에게 자기의 눈썹을 뽑아 주면서, "이 눈썹을 붙이고 다니면 사람들의 마음속을 들여다볼 수 있습니다"라고 했다.

나무꾼은 호랑이 눈썹을 달고 산을 내려왔다.

그런데 이게 어찌된 일인가. 마누라가 여우로 보이는 것이다. 깜짝 놀란 나무꾼은 촌장 집으로 달려가서 하소연을 하는데, 이번에는 촌장이 늑대로 보이는 것이었다. 그들뿐만 아니라 마을 사람 모두가 짐승으로 보였다.

"지금껏 내가 사람 동네에 산 줄 알았더니, 짐승 동네에 살았구나!"

나무꾼은 길게 탄식을 했다.

거짓말쟁이와 금덩이

　한 이름난 거짓말쟁이가 길을 가는데, 얼마쯤 가자 사람들이 금덩이를 가운데 두고 서로 다투는 모습이 보였다. 이유는 두 사람이 길을 가다가 금덩이를 주웠는데, 큰 거짓말을 한 사람이 금덩이를 갖기로 해서 서로가 큰 거짓말을 했다고 다툰다는 것이다.

　그 얘기를 들은 진짜 거짓말쟁이가 두 사람을 근엄하게 꾸짖었다.

　"친구 사이에 금덩이를 두고 다투는 것은 옳지 않습니다. 게다가 큰 거짓말을 해서 그걸 갖는다는 건 더욱 나쁩니다. 나는 태어나서 지금까지 한 번도 거짓말을 한 적이 없습니다."

　그러자 다투고 있던 두 사람이 이구동성으로 말했다.

　"세상에 태어나서 한 번도 거짓말을 한 적이 없다니, 그런 거짓말이 세상에 어딨소. 이 금덩어리는 당신이 가져가슈！"

청송의 잣과 꿀

　성희안(成希顏)은 조선 중종 때 영의정을 지낸 인물이다. 그 당시 청렴 결백한 선비였던 정붕(鄭鵬)은 청송 부사로 있었다. 성희안은 정붕에게 청송의 특산물인 잣과 꿀을 보내 달라는 편지를 보냈다.

　며칠 후 정붕에게서 편지가 올라왔다.

　"잣은 높은 나무 꼭대기에 있어 까마득하고 꿀은 백성들의 집 벌통 안에 들어 있어 윙윙거리는데, 부사라는 사람이 무슨 재주로 그런 물품을 얻을 수 있겠습니까?"

사장과 늙은 열쇠 장수

　　어느 아파트에 돈 많은 사장이 살고 있었다. 그리고 아파트 입구 길거리에는 자물쇠를 고치는 늙은 열쇠 장수가 있었다. 하루는 열쇠를 잃어버린 사장이 늙은 열쇠 장수를 찾아갔다. 마침 늙은 노점상은 라면을 끓이고 있었다.

　　"지금은 식사 중이니 밖에서 기다리시오."

　　노점상은 평소에 승용차를 타고 아파트를 드나들며 흙탕물과 먼지를 퍼붓고 지나가는 사장이 못마땅했었다.

　　"급하면 다른 데 가서 알아보슈."

　　사장은 노점상의 태도가 못마땅했지만, 하는 수 없이 그가 숟가락을 놓을 때까지 가게 밖에서 기다려야 했다. 기다리는 동안 사장은 모욕을 당한 기분이었지만, 가난한 열쇠 장수를 하찮게 여긴 평소의 자신이 조금씩 부끄러워지기 시작했다.

어느 때나 바른 마음으로 산다

　일본인 관광객 마흔다섯 명이 하와이로 관광을 갔다. 버스를 타고 관광을 하는데, 느닷없이 열다섯 명가량의 불량배가 나타나 버스를 가로막았다. 그들은 관광객들을 협박해서 돈을 털어 갔다. 무인지경이라 손을 쓸 수도 없었기에 불량배들은 자기들의 목적을 이룬 뒤 유유히 사라졌다.

　한참 뒤에야 경찰에 이 사실을 신고했고, 결국 며칠 만에 범인들을 일망타진했다. 그런데 알고 보니 모두가 10대 청소년들이었으며, 돈은 이미 유흥비로 죄다 탕진해 버린 뒤였다. 대신 부모들이 그 돈을 일본 관광객들에게 모두 물어 주었다.

　미국 경찰은 범행 청소년 열다섯 명에게 각자 빼앗은 돈의 액수를 낱낱이 적어 내라고 명령했고, 일본 관광객들에게도 잃은 돈의 액수를 모두 써내게 했다. 놀랍게도 강탈해 간 돈의 액수와 빼앗긴 돈의 액수가 똑같았다. 단 1센트의 오차도 생기지 않았다.

함경도 관찰사 정갑손

　정갑손은 조선시대에 함경도 관찰사를 지낸 인물이다. 당시 정갑손은 조정에 일이 있어 한양 도성으로 가던 중이었다. 마침 어느 고을을 지나다가 과거 합격자 방을 보았더니, 거기에 자신의 아들 이름이 들어 있는 것이 아닌가. 그는 도성에 도착하자마자 시관(試官)을 찾아가 크게 꾸짖었다.

　"늙은 것이 감히 나에게 아양을 떠는구나. 내 아들놈은 아직 공부가 되지 않았거늘, 어찌 임금을 속이고 과거에 합격시켰느냐?"

　그러고는 그 자리에서 아들의 이름을 지워 버렸다.

소 한 마리 끌고 가게

어느 날, 남명 조식 선생의 집에 젊은 선비 정탁(鄭琢)이 문안을 올리러 왔다. 남명은 정탁이 돌아갈 때 덕담을 한 마디 해 주었다.

"여보게, 내 집에 소가 한 마리 있는데, 자네에게 줄 테니 끌고 가게."

정탁은 자신이 농사도 짓지 않는데 소를 몰고 가라는 남명의 말에 어리둥절해 했다.

그러자 남명이 말했다.

"자네는 언어와 의기가 너무 민첩하고 날카로워 마치 날쌘 말과 같아서 잘 넘어질 것이니, 소처럼 꾸준하고 침착한 것을 늘 생각하며 살라고 한 소리일세."

어미 곰의 사랑

　어느 날 한 사냥꾼이 어미 곰 한 마리를 발견하고 총을 겨누었다. 그런데 그 곰은 사냥꾼이 접근해 총을 겨누는데도 꼼짝을 하지 않았다. 이상하다는 생각이 들어 조심스럽게 다가간 사냥꾼은, 눈앞의 광경을 보고 깜짝 놀랐다.

　어미 곰은 바윗돌을 앞발로 들어 올린 채 죽어 있었고, 그 바위 밑에서는 새끼 곰들이 가재를 잡아먹으며 즐겁게 놀고 있었다. 어미 곰은 새끼들이 바위에 깔려 죽을까 봐, 새끼들을 지키기 위해 돌을 들어 올린 채 버티다가 끝내 죽고 만 것이다. 그래서 어미 곰은 바위에 깔려 죽었지만, 새끼들은 위험에서 무사히 빠져나왔다.

　어미 곰의 희생에 감동한 사냥꾼은 어린 새끼들을 살려 보내 주었다.

볶은 깨를 심다

　한 어리석은 사람이 있었다.

　그는 날깨만 먹다가 우연히 볶은깨를 먹었는데, 퍽 고소하고 맛이 좋았다.

　그래서 '깨를 아예 볶아서 심으면 훗날 볶은 깨를 거둘 수 있겠구나!' 생각하고 깨를 볶아서 밭에 뿌렸다. 당연히 볶은깨에서 움이 돋을 리가 없었다.

조기 한 두름

성균관대학교 초대 총장을 지낸 김창숙은 신채호와 김구가 활동하던 시대의 독립 운동가다. 하루는 절친한 친구가 놀러와 조기 한 두름을 선물했다. 그 뒤 한 달이 지나서 그 친구가 다시 놀러왔다.

김창숙은 그동안 먹지 않고 보관했던 조기를 내놓으며 말했다.

"자네 마음이 담긴 조기는 두고두고 맛나게 먹었네. 이제 그만 도로 가져가게."

조기를 본 친구는 깜짝 놀랐다.

"아니, 그럼 내가 준 조기를 여태 먹지 않았단 말인가?"

김창숙은 허허 웃으며 말했다.

"자네 아들이 우리 학교에 시험을 보고 내가 그 대학 총장인데, 어찌 그 고기를 먹을 수 있겠나?"

늙은 인디언 추장의 지혜

　늙은 인디언 추장이 손자에게 자신의 내면에서 일어나는 '큰 싸움'에 대해 이야기하고 있었다. 그런데 이 같은 싸움은 나이 어린 손자의 마음속에서도 일어나고 있다고 했다.

　손자가 무슨 소리인가 궁금해 하자, 추장은 이렇게 설명했다.

　"애야, 우리 모두의 마음속에서는 두 마리의 늑대가 싸우고 있단다. 한 마리는 악한 늑대로, 그 놈이 가진 것은 화·질투·슬픔·후회·탐욕·거만·자기 동정·죄의식·회한·열등감·거짓·자만심·우월감, 그리고 이기심이란다. 다른 한 마리는 좋은 늑대인데, 그가 가진 것들은 기쁨·평안·사랑·소망·인내심·평온함·겸손·친절·동정심·아량·진실, 그리고 믿음이란다."

이번에는 손자가 추장 할아버지에게 물었다.
"어떤 늑대가 이기나요?"
추장의 대답은 아주 간단했다.
"내가 먹이를 주는 놈이 이기지."

두 도반

　　도반인 두 스님이 안거를 마치고 길을 나섰다. 마침 홍수로 불어난 강을 건너게 되었다. 그때 한 처녀가 강을 건너지 못하고 발만 동동 구르고 있었다. 그러자 한 스님이 처녀를 업어서 강을 건네주었다.

　　그 뒤 처녀와 헤어져 이만큼 왔을 때, 옆에 있던 스님이 따지듯이 말했다.

　　"출가해서 도를 닦는 청정 비구는 계율이 곧 생명인데, 어찌 처녀를 업을 수 있습니까?"

　　그러자 처녀를 업고 강을 건넜던 스님이 말했다.

　　"난 벌써 내려놓고 왔는데, 스님은 아직도 업고 계십니까?"

종손의 새 부르기

충청남도 아산 외암리 마을에는 예안 이씨 종손이 살고 있다. 그는 어른이 돌아가시자 무덤 옆에다 움막을 짓고 3년 동안 시묘를 살았다. 그 동안 배운 것 가운데 하나는 산속에 있는 새소리를 흉내 내는 것이었다.

인적이 없는 산중에서 무료한 시간을 독서로 달래다가, 그것도 지루하면 주변에 날아드는 새들을 관찰했다. 적막한 공간에 혼자 있다 보니 자연스럽게 새들과 친해진 것이다. 그렇게 친해지니까 여러 새의 울음소리를 흉내 낼 수 있게 되었다.

"제가 흉내 낼 수 있는 건 까치, 참새, 까마귀, 뜸부기, 청둥오리, 비둘기, 기러기, 염소, 닭, 개, 고양이 소리입니다. 제가 소리를 내면 새들이 날아올 정도였습니다. 한번은 뜸부기 소리를 내니까 뜸부기가 자기 친구인 줄 알고 시묘 초막 안으로 들어온 적도 있었습니다. 참 신기했지요."

비로는 묘의 눈을 쓸지 않는다

　충청남도 아산 외암리 마을 종손은 서른 살에 부친상을 당해 3년간 무덤 옆에서 시묘살이를 했다. 매일 아침 묘소로 출근(?)해 저녁이면 퇴근(?)하기를 꼬박 3년을 했다. 그동안 가장 힘들었던 일은 역시 겨울날 눈을 치우는 것이라고 했다. 어느 기자가 취재를 하러 가서 물었다.

　"대빗자루로 눈을 치우면 수월할 텐데요?"

　그러자 그가 담담하게 말했다.

　"그렇지 않습니다. 제 아버지가 할아버지 시묘할 때 따라간 적이 있는데, 아버지도 비를 사용하지 않고 손으로 직접 눈을 치우셨습니다. 그때 제가 '왜 빗자루를 사용하지 않습니까?' 하고 물었더니, '부모님이 누워 계신 곳을 감히 어떻게 비로 쓴단 말이냐? 정성스럽게 손으로 치워야 법도에 맞는 것이다'라고 하셨습니다. 그래서 저도 일일이 손으로 눈을 치웠습니다. 조부님도 그랬고, 선친도 그랬고, 저도 그렇게 하는 것이죠."

부처님에게 모래 밥을 공양한 아이들

부처님이 기원정사에 계실 때였다.

어느 날 제자들과 성 안을 지나다가 길가에서 소꿉장난을 하는 두 아이를 발견했다. 아이들은 모래로 밥을 짓고 나뭇잎으로 반찬을 만들며 즐겁게 소꿉놀이를 하고 있었다. 부처님도 걸음을 멈추고 아이들이 소꿉놀이하는 모습을 내려다보셨다.

아이들은 얼마나 재미가 있는지, 옆에 누가 왔는지도 몰랐다. 그러다가 부처님이 옆에 와서 자신들을 내려다보고 있는 것을 알고는 황급히 부처님에게 절을 했다. 그러고는 자기들이 지은 모래 밥과 나뭇잎 반찬을 부처님에게 바쳤다.

부처님은 웃으면서 그들이 바치는 모래 밥과 나뭇잎 반찬을 기꺼이 받으셨다.

그 뒤 그 공덕으로 한 아이는 왕이 되고, 또 다른 아이는 유명한 장군이 되었다. 바로 인도의 아쇼카 대왕이다.

김정국의 다섯 가지 반찬

옛 선비 사회에 "사재(思齋)처럼 먹고 괴애(乖崖)처럼 자라"는 신조가 있었다.

중종 때의 선비인 사재 김정국(金正國)은 다섯 가지 반찬으로 밥을 먹는다고 했다.

한데 어느 날, 사재의 밥상에 반찬이 세 가지만 올라 있는 것을 본 한 제자가 '왜 다섯 가지라고 거짓말을 하느냐' 고 물었다.

이에 사재가 웃으면서 말했다.

"자네 눈에는 두 가지 반찬이 보일 턱이 없지. 시장할 때 먹으니 시장이 그 한 가지 반찬이요, 반드시 따뜻하게 해서 먹으니 그것이 또 다른 한 가지 반찬일세."

괴애의 책 읽기

　괴애(乖崖)는 세조 때의 학자 김수온(金守溫)의 호다. 옛글을 많이 외우기로 괴애 위에 난 사람이 없다고 할 만큼 그는 기억력이 좋았다. 책을 구하면 낱장을 찢어 소매 속에 넣고 다니며 말 위에서도 화장실에 가서도 줄곧 외웠다.

　괴애는 임금이 신숙주에게 내린 『고문진보』가 있다는 말을 듣고 이를 빌려 왔다. 돌려준다는 날이 지났는데도 소식이 없자 신숙주가 찾아가서 방문을 열었더니, 그 귀한 책 낱장을 찢어 천장과 벽에 도배질을 해놓고 누워서 이를 외우고 있었다.

　산마(散麻)처럼 어지러웠던 나라 일을 가지런히 가렸다는 괴애의 지식과 지혜는 바로 남들이 잠자는 새벽에도 부지런히 노력해서 얻은 소득이다.

영의정의 노루 뛰기

　조선 선조 때의 문신인 박순(朴淳)은 영의정을 10년이나 지낸 뒤 경치가 좋은 포천으로 물러나 산수를 즐기며 유유자적하게 살았다. 당대의 문단을 이끄는 대제학에 임명되었지만, 퇴계가 자기보다 학문이나 덕행이 뛰어난 것을 알고는 그 자리를 퇴계에게 돌렸다.
　그는 시냇물을 건널 때마다 쫓기는 노루처럼 뛰어서 건넜다.
　어느 날 친구가 그 까닭을 묻자, 그는 이렇게 말했다.
　"더디게 건너면 발이 유수의 흐름을 방해하기 때문이여."

개구리가 더 좋아

늙은 나무꾼이 밭에서 일을 하는데, 개구리가 말을 걸어왔다.

"저는 마법에 걸린 개구리예요. 저한테 입을 맞춰 주시면 여자로 변해서 할아버지와 함께 살 수 있어요. 저는 원래 하늘에서 살던 선녀였거든요."

그러자 할아버지는 개구리를 집어 호주머니에 넣었다. 그러고는 다시 일을 하기 시작했다. 개구리가 말했다.

"할아버지, 난 진짜로 예쁜 선녀예요! 왜 입을 맞춰 주지 않고 나를 주머니 속에 넣어 두는 거죠?"

그러자 나무꾼이 말했다.

"나는 여자 같은 건 필요 없어. 너도 내 나이 돼 봐. 여자보다 개구리와 얘기하는 게 더 재미있지."

경허 스님과 뱀

    충청남도 서산에 있는 천장사는 경허 스님과 만공 스님 두 사제(師弟)가 머물던 암자다.

    어느 여름날 법당 안에서 경허 스님이 낮잠을 곤하게 자고 있었다.

    그때 시커먼 독사 한 마리가 열린 문으로 들어와 경허 스님의 배 위로 올라가 또아리를 틀고 혀를 날름거리고 있었다.

    이를 보고 시자인 만공 스님이 깜짝 놀라 경허 스님에게 소리쳤다.

    그러자 경허 스님은 태연자약하게 말했다.

    "놔둬. 실컷 놀다 가게."

    그러고는 다시 코를 골았다.

황희 정승과 파랑새

하루는 황희 정승이 부인에게 귓속말을 했다.

"화장실에서 일을 보는데, 항문에서 파랑새 한 마리가 나와 멀리 날아 갔소."

그러고는 아무에게도 이 사실을 알리지 말라고 부인에게 신신당부했다.

그리고 한 달이 지났다. 세종이 불러서 갔더니, 임금이 놀란 눈으로 말 했다.

"황 정승, 그게 정말이시오?"

황희는 껄껄 웃으며 말했다.

"상감마마, 잠자리에서 마누라에게 한 말도 밖으로 이처럼 새어 나가 니 사람의 말이란 것이 얼마나 빠르고 무섭사옵니까."

황희는 이렇게 해서 세종을 입 무겁고 신중한 왕으로 만들었다.

사리도 없는데 부처는 무슨 부처

  어느 추운 겨울날, 중국 당나라의 단하천연 선사가 뤄양 혜림사에서 하룻밤을 묵게 되었다. 그런데 방이 너무 추워서 군불을 지피려 했으나, 유감스럽게도 땔나무가 없었다.

  선사는 법당으로 들어가 목불을 안고 나왔다. 그런 뒤에 불상을 도끼로 패서 아궁이에 넣고 불을 지폈다. 방은 곧 뜨듯해졌다.

  주지가 나와서 이런 상황을 보고는 무슨 짓이냐며 호통을 쳤다.

  이에 선사는 태연하게 말했다.

"사리를 찾는 중이오."

그러자 주지가 다시 크게 꾸짖었다.

"미쳤군. 목불에 무슨 사리가 있다고 태우나?"

선사가 여전히 태연하게 말했다

"사리도 없는데, 부처는 무슨 부처? 차라리 하룻밤 군불이나 때는 게 낫지."

그러고는 계속 군불을 땠다.

내가 밥 먹으면 네 배가 부르겠느냐

고려 말의 대스승인 나옹 스님에게는 누이가 하나 있었다. 스님이 계시는 절에 얹혀 지내면서도 성질이 게으르고 까다로워서 일을 거들거나 정진을 하지는 않고 갖가지 불평만 늘어놓았다.

보다 못한 스님이 어느 날 누이를 불러 타일렀다.

"게으름 피지 말고, 열심히 염불하고 공부하시게."

그랬더니 누이가 말했다.

"내가 큰스님의 누이인데, 굳이 귀찮게 염불할 필요가 있겠어요?"

오라버니 스님이 지은 공덕으로 극락을 가겠다는 것이었다.

　다음날 스님은 대중들에게 누이에게 밥을 주지 말라고 했다. 그러자 불같은 성미를 지닌 누이가 절 안을 여기저기 돌아다니며 시비를 걸고 소란을 피웠다.

　스님이 다시 누이를 불렀다.

　"네가 내 공덕으로 극락을 가겠다고 하니, 내가 밥을 먹으면 네 배도 함께 부를 것이 아니냐. 그런데 어찌 그런 행패를 부리느냐?"

　'내가 먹은 밥으로 네 배가 부르겠냐'는 말이었다.

　누이는 그때서야 마음을 돌이켜 염불 정진을 시작했다.

증산 선생과 종

증산 선생은 한말 어지러운 세상에 난 민족의 큰 스승이었다.

어느 날 제자가 자신의 종을 데리고 증산을 찾아왔다. 증산이 그 종에게 존댓말을 쓰자, 제자가 말을 놓으라고 했다. 그러자 증산이 한 마디 했다.

"저 사람은 자네의 종이지, 내 종이 아닐세."

장자와 어린아이

중국 제나라 때 한 장자가 백성들을 초대했다. 그들 중 어떤 사람이 그에게 싱싱한 물고기와 맛 좋은 기러기를 선물로 바쳤다.

그러자 장자는 조물주가 인간을 위해 지상에 먹을 것을 푸짐하게 창조해 준 것에 감사했다.

"하늘은 참으로 후하기도 하구나. 물고기와 새를 만들어 우리들로 하여금 배불리 먹게 하다니!"

그때 부모를 따라온 한 어린아이가 말했다.

"그것은 틀린 말입니다. 천지 만물은 우리 인간과 더불어 살아갈 뿐, 그 어느 것도 귀하고 천한 것이 없습니다. 모기는 사람의 피를 빨아먹고 삽니다. 그렇다면 하늘은 그 모기를 위해 사람을 만들었습니까?"

황희와 김종서

    황희는 사람을 보고 키울 줄 아는 지혜로운 재상이었다. 그때 열여섯의 어린 나이에 과거에 급제한 김종서는 군계일학 격으로 젊은 나이에 병조판서에 올랐다.

    그런데 그에게 작은 실수가 있었다. 당시 정승이던 황희는 그를 불러 호되게 꾸짖고, 심지어는 그의 종을 불러 매를 치고 수하인 구사(丘史)를 옥에 가두기까지 했다.

    이를 지켜본 맹사성이 용서해 주라고 청하자, 황희는 이렇게 말했다.

    "종서가 너무 튀어서 주위에 적을 만들 우려가 있으니, 이제 적당히 깨우쳐 줄 때가 되었소."

    그 후 황희는 자신의 정승 자리를 김종서에게 물려주고 나왔다.

황희와 두 마리 소

　황희가 젊은 날 들길을 가다가, 두 마리 소에게 번갈아 일을 시키는 농부를 보고 물었다.

　"두 마리 중 어느 소가 일을 더 잘하오?"

　그러자 농부가 귓속말로 대답했다.

　"저 누렁소가 일도 잘하고, 말도 잘 듣습니다."

　황희는 농부가 소리를 죽여 나직이 말하는 것이 궁금했다. 그래서 그 까닭을 물었다.

　"그런데 왜 귓속말로 하시오?"

　농부가 꾸짖듯이 대답했다.

　"아무리 말 못하는 짐승이라도 제 잘못을 말하는데 좋아할 리가 있습니까?"

　황희는 이 농부의 말에 크게 깨달아 훗날 중용의 정치를 폈다.

황희와 막내

황희에게는 아들이 셋 있었다.

막내 수신이 기생에게 빠져 타일러도 듣지 않자, 하루는 관복을 차려 입고 대문에 서서 들어오는 수신을 맞았다.

그러고는 이렇게 말했다.

"네가 내 말을 듣지 않으니, 오늘부터는 손님으로 예우하겠노라."

이후 수신이 크게 뉘우쳤다.

3등표로 일등칸을 탄 어느 주교 이야기

　노기남(盧基南)은 우리 나라 최초로 가톨릭 대주교가 된 분이다.

　그가 어렸을 때, 한 신부를 따라 군포에서 서울로 간 일이 있었다. 3등 전차표를 끊어 삼등칸에 오르고 보니 만원이어서 앉을 자리가 없었다. 부득이 이등칸으로 갔으나, 거기도 만원이었다. 하는 수 없이 일등칸으로 가서 자리를 잡고 앉았다. 차장이 오면 사정 이야기를 하고 모자라는 금액을 지불하려고 했던 것이다. 그런데 차장은 끝내 나타나지 않았다. 그래서 하는 수 없이 그냥 내렸다.

　서울에 도착한 그는 그 일 때문에 마음이 편치 않았다.

　그래서 다음에 서울에서 내려올 때는 1등표를 끊어서 삼등칸에 탔다. 전날에 3등표를 가지고 일등칸에 탄 데 대한 갚음이었다.

간디와 고무신

간디가 막 출발하려는 기차에 올라탔다. 순간 그의 신발 한 짝이 벗겨져 플랫폼 바닥에 떨어졌다. 기차가 이미 움직이고 있었기 때문에 간디는 그 신발을 주울 수가 없었다.

그러자 간디는 얼른 나머지 신발 한 짝을 벗어 그 옆에 떨어뜨렸다. 동행한 사람들은 간디의 그런 행동에 놀라지 않을 수 없었다.

이유를 묻는 한 승객의 질문에 간디는 미소를 지으며 대답했다.

"어떤 가난한 사람이 바닥에 떨어진 신발 한 짝만을 주웠다고 상상해 보십시오. 그에게는 그것이 아무런 쓸모가 없을 겁니다. 하지만 이제는 나머지 한 짝마저 갖게 되지 않았습니까?"

신발을 세 번 터는 까닭

일본 아오모리에는 너도밤나무 원시림으로 유명한 국립공원이 있다. 세계 각국의 관광객들이 찾는 곳이다.

그곳을 탐방한 후에는 버스에 오를 때 신발을 세 번 털어야 한다.

그것은 버스 바닥을 깨끗이 하기 위함이 아니라, 국립공원의 흙을 한 줌도 가져가서는 안 되기 때문이다.

그만큼 아픕니다

어느 사관학교의 입학시험을 보는 자리였다. 면접관이 학생의 뺨을 한 대 올려 부치고는 얼마나 아프냐고 물었다.

얼떨결에 한 대 얻어맞은 입시생은 도대체 자기가 왜 맞았는지도 모른 채, 얼마나 아픈지에 대해 설명해야 했다. 그런데 얼마나 아픈지를 설명하기란 너무나 어려웠다. 아무리 궁구해도 좋은 답안이 나오지를 않았다.

그때 뭔가가 떠올라 번쩍 스쳐 지나갔다. 입시생은 그 순간을 놓치지 않고, 면접관의 뺨을 냅다 쳤다.

그러고는 대답했다.

"그만큼 아픕니다!"

노인의 미소

　어떤 기업체에서 신제품을 광고하기로 하고 몇 개의 광고사에다 시안을 부탁했다. 며칠 후, 각양각색의 광고 시안이 제출되어 사장과 여러 간부가 심사에 들어갔다.

　사장은 그 분야에서 이름 있는 광고사의 시안을 거부하고, 이제 막 광고업에 발을 들여놓은 작은 업체에다 수억짜리 광고를 맡겼다.

　작은 회사가 제출한 광고 시안은 환하게 웃는 늙은 노인을 소재로 한 것이었다. 사장은 옷 벗은 젊은 여자 그림은 남자들이 눈요기하기는 좋을지 모르지만 모든 시민이 즐길 것은 못 된다고 생각했다. 그래서 모든 사람이 보고 마음이 편해지는 파안대소하는 노인 그림을 택했다. 비록 그림이지만, 길거리 여기저기에 세워 두면 오가는 사람들의 마음이 밝아지고 여유로워질 거라고 생각했던 것이다.

미운 사람을 많이 둔 친구

　어느 학교의 선생님 한 분이 들려준 이야기다.

　신학기가 되어 학급 간부를 뽑으면서 학생들에게 자기가 싫어하는 친구의 이름을 적어 내라고 했다. 그 결과 흥미로운 사실이 드러났다.

　이름을 많이 적어 낸 학생이 대체로 남에게 미움을 많이 받는다는 사실이었다. 그리고 미운 친구를 한 사람도 두지 않은 학생은 남에게서도 전혀 미움을 받지 않는다는 사실을 발견하고 크게 놀랐다.

　선생님은 미운 사람 이름을 많이 적어 낸 학생을 학급 간부에서 제외시켰다.

알프스 방갈로의 땔나무

알프스에 가면 등산객들을 위해 골짜기 군데군데에 주인 없는 방갈로가 있고, 거기에는 항상 땔나무가 가득 차 있다. 인부를 따로 두고 나무를 해놓는 것이 아닌데도 조난자가 어느 방갈로를 찾아가나 땔나무가 수북이 쌓여 있다.

그 까닭은, 먼저 방갈로에 묵고 간 조난자가 자기가 사용한 만큼의 땔나무를 구해 놓고 떠나기 때문이다.

어려움을 당해 방갈로를 찾은 사람은 먼젓번 사람이 해놓은 땔나무로 며칠 몸을 녹였다가, 날이 개 떠날 때가 되면 다시 그만큼의 땔나무를 구해서 쌓아 두고 떠난다는 것이다.

그렇기 때문에 알프스 산록의 방갈로에는 언제 찾아가도 항상 땔나무가 가득 쌓여 있다.

이항복의 스승

　'오성(鰲城)과 한음(漢陰)'으로 널리 알려진 오성 이항복(李恒福)은 임진왜란 때 공을 세워 재상에 올랐다. 일인지하 만인지상의 자리인 정승이 되었지만, 그는 늘 청백리였다.

　어느 날, 종9품의 미관말직인 한 훈도(訓導)가 찾아왔다. 전갈을 받은 영의정 이항복은 문간까지 버선발로 뛰어나가 공손히 그를 맞아들였다.

　놀란 사람들이 그 까닭을 물었더니, 어렸을 때 글을 가르쳐 준 훈장이라고 했다.

　그 다음날 이항복은 훈장이 묵고 있는 숙소로 찾아가 비단과 쌀 등을 드리며 노자에 보태 쓰도록 했다.

　그러나 훈장은 여행에 필요한 경비는 쌀 두어 말이면 족하다며, 나머지는 받지 않고 돌아갔다고 한다. 그 제자의 그 선생이었다.

뒤바뀐 스승과 제자

한 스승과 제자가 살고 있었다.

하루는 스승이 경전을 보고 있는 방에 벌 한 마리가 들어왔다.

벌은 열린 문을 두고 닫혀 있는 창호지 문만을 향해 돌진했다.

밖으로 나가지 못한 채 벌벌대는 벌을 보고 제자가 한마디 했다.

"아, 어리석은 벌이여.

활짝 열린 문은 놔두고

닫힌 문만 가지고 애를 쓰는가.

옛 경전을 백 년 동안 읽는다 한들

어느 날에 깨칠 것인가?"

스승은 제자의 소리를 듣고는 득도의 경지에 크게 놀랐다.

놀란 스승은 제자 앞에 엎드려 절하며 자신의 눈을 뜨게 해 달라고 청했다.

다산 정약용과 소라 껍데기

　다산 정약용은 부인 홍씨와의 사이에 아홉 명의 자식을 두었다. 그러나 그 중 여섯을 어린 나이에 먼저 보내고, 겨우 아들 둘과 딸 하나만을 슬하에 두었다. 20년 가까이 강진 유배지에서 홀로 지내며 자식이 죽었다는 소식을 들을 때마다 가슴이 미어터지는 것 같았다.

　1801년 겨울, 강진으로 유배를 떠날 때 부인은 마마(천연두)에 걸려 죽어 가는 어린아이(농아)를 업고 남태령을 넘어 과천까지 울며 따라왔다.

　부인은 다산을 가리키며 아이에게 일러주었다.

　"저기, 아버지가 계신다."

　다산은 되돌아보며 아이에게 강진에 가면 소라 껍데기를 보내 주겠다고 약속했다.

　그 뒤, 아이는 강진에서 사람이 올 때마다 아버지가 보내 준다던 소라 껍데기를 기다렸다. 그러나 그 아이는 소라 껍데기를 받지 못한 채 세상을 떠나고 말았다.

다산이 보낸 소라 껍데기가 고향 집(경기도 남양주 양수리 부근)에 도착한 것은 아이가 죽은 다음이었다.

코 왼쪽에 조그마한 점이 있고 웃을 때면 양쪽 송곳니가 유난히 튀어나온 그 아이를, 다산은 눈물을 머금고 다시 가슴속에 묻어야 했다.

산불을 끈 앵무새

숲에 불이 나서 온 산을 태우기 시작했다. 그러자 모든 동물이 자리를 피해 도망을 갔다.

그때 작은 앵무새 한 마리가 날개에 물을 적셔 와 불 위에 뿌리면서 말했다.

"이 숲이 그동안 우리에게 큰 도움을 주었는데, 그냥 도망갈 수는 없지."

이 광경을 천신이 내려다보고는 앵무새에게 말했다.

"어찌 그 작은 날개로 불을 끄겠느냐?"

그러자 앵무새가 대답했다.

"우리들에게 집이 되어 준 숲의 은혜를 생각하면 이런 수고와 고통을 어찌 감당치 못하겠습니까?"

천신은 이 같은 앵무새의 마음에 감동해 큰 비를 내려 숲의 불을 꺼주었다.

사또와 학동

　어느 고을에 신관 사또의 행차가 요란하게 지나가고 있었다. 사람들은 조심하며 길을 비켜 주었다. 그때 한 아이가 길을 비키지 않은 채 버텼다.

　사또의 행렬이 더 나아가지 못하고 멈춰 서서 아이와 실랑이를 벌였다. 아이의 태도가 너무도 당당하자 사또가 나서서 아이를 추궁했다.

　그러자 아이가 당당하게 말했다.

　"저는 지금 서당에 다녀오는 길입니다. 내 옆구리 책 보퉁이에는 『논어』와 『맹자』가 들어 있습니다. 이 책을 스승으로 배우는데, 사또도 공맹의 책으로 공부해 급제하셨을 테니 공자와 맹자님은 사또의 스승이 아니십니까? 제가 지금 사또의 스승을 모시고 가는 길인데, 제자가 스승 보고 비키라는 것이 말이 되는지요?"

　사또는 조리 있게 자신의 생각을 밝히는 아이가 아주 기특했다. 사또는 가던 길을 멈추고 아이에게 길을 비켜 주었다.

너는 사형감이야

김정국이 황해도 감사(관찰사)로 있을 때의 이야기다.

어떤 사람이 아버지와 말다툼을 하다 급한 성격을 못 이겨 밥그릇을 던진 죄로 잡혀 왔다. 당시 조선은 유교 사회라서 불효자는 중형에 처했다. 김정국은 죄인을 치죄하기 위해 동헌에 직접 나섰다. 그가 호령하며 물었다.

"너는 사형에 처할 죄를 지었다. 그 사실을 아는가?"

죄인은 기절초풍해 그 자리에 털썩 주저앉았다.

"사또마님, 겨우 밥그릇 하나를 던졌을 뿐인데, 사형이라니요?"

"그래, 넌 사형감이야!"

"아이고~. 이놈이 무식해서 사형까지 되는 줄은 몰랐습니다. 살려 주십시오."

이 말을 들은 감사가 다시 호령했다.

"군사부(君師父)는 일체(一體)니, 아비를 모욕하는 것은 곧 임금을 어기는 일이다. 임금을 어기는 것은 역모니, 마땅히 사형감이다."

죄인은 사색이 되었다.

"아버지를 모욕한 잘못은 알지만 사형에 처해질 줄은 정말 몰랐습니다. 한번만 용서해 주시면 성심껏 부모를 모시겠습니다."

죄인은 손이 발이 되도록 빌었다.

죄인이 진실로 참회하는 것을 본 감사는 한참 동안 깊은 생각에 빠졌다.

'가르치지 않고 백성을 벌하는 것은 백성을 속이는 일이다. 이번 일도 내가 가르치지 않아서 그런 것이다. 어버이를 공경하는 것은 당연한 이치이나, 어리석은 백성이 어찌 저절로 깨우칠 수 있으리…….'

감사는 생각 끝에 죄인을 곤장 형에 처하고 방면해 주었다. 그 뒤 죄인은 감사의 은혜에 감화되어 효자가 되었다고 한다.

거짓말은 안 합니다

장 크레티앙은 1993년 캐나다 총리가 된 이래 세 번이나 총리에 임명되었다. 가난한 집안의 열아홉 형제 중 열여덟째로 태어난 그는, 선천적인 안면근육 마비로 입이 비뚤어져 발음이 어눌했다.

어느 선거 유세장에서 그는 이렇게 말했다.

"여러분, 저는 언어장애를 가지고 있습니다. 인내심을 가지고 저의 말에 귀를 기울여 주십시오. 제 어눌한 발음이 아니라, 그 속에 담긴 저의 생각과 의지를 들어주셨으면 합니다."

그때 반대파 한 사람이 나서서 소리쳤다.

"한 나라를 대표하는 총리에게 언어장애가 있다는 건 치명적인 결점입니다."

그러자 크레티앙은 어눌하지만 단호한 목소리로 말했다.

"나는 말은 잘 못하지만 거짓말은 안 합니다."

영의정을 가르친 매

　인조 때 영의정을 지낸 홍서봉은 어린 시절을 개구쟁이로 보냈다. 어머니는 그때마다 회초리를 들어 어긋나지 않도록 했다. 자식의 게으름과 나쁜 버릇을 고치기 위해 아들에게 매를 댄 날이면, 어머니는 혼자 골방에 가서 울곤 했다.

　그렇게 공부를 한 서봉은 스물한 살에 과거에 급제했다. 삼일유가를 마친 홍서봉은 고향으로 돌아오자마자 어머니를 찾아 큰절을 올렸다.

　그러자 어머니는 보자기 하나를 꺼내 놓으며 말했다.

　"이 보자기에게도 큰절을 올려라."

　홍서봉이 절을 마친 뒤 보자기를 풀어 보니, 그 안에는 어린 시절에 맞던 나무 회초리가 들어 있었다.

세조 임금과 행자

　세조는 조카 단종을 물리치고 왕위를 찬탈한 잘못으로 인해 역사에서 크게 평가 절하된 부분이 있다. 그러나 세조는 조선 초기의 흔들리던 왕권을 강화해 나라의 기틀을 잡고, 아버지 세종이 만든 한글을 널리 폈으며, 국방을 튼튼히 해 국내외에 과시하고, 훌륭한 인재들을 등용했으며, 근검절약을 실천해 후대 왕에게 모범을 보인 군주였다.

　세조가 어느 절에 머물 때였다.

　그는 절에 가면 왕의 신분을 벗어 버리고 대중들과 함께 발우공양을 했다. 그러나 함께한 사람들은 임금이 동참한 자리이기 때문에 함부로 말도 못하고 숙연히 공양만 했다.

　그때 어린 행자 하나가 상을 들고 세조 앞으로 다가왔다. 그러고는 절
집의 발우공양 법도에 서툴러 좌중의 눈치를 보는 세조에게 말했다.
　"거사님, 공양 받으시오."
　순간, 대중들은 왕에게 함부로 '거사'라고 부른 행자를 보며 바짝 긴
장했다. 그러나 세조는 아무 내색 없이 행자가 시키는 대로 발우를 들어
공양을 받고, 맛있게 밥을 먹었다.
　세조는 역시 큰 그릇의 인물이었다.

스님과 이

어느 산중 토굴에 한 스님이 있었다.

어느 날 양지 바른 요사채 마루에 앉아 햇살을 즐기는데, 겨드랑이가 가려웠다. 손을 넣어 보니 피를 빨아먹는 이가 있었다.

스님은 잡은 이를 자신의 손바닥 위에 올려놓고 마치 사람에게 하듯이 설법을 했다.

"나는 출가한 몸이라 부모도 없고 처자식도 없다. 오직 피를 나눈 것은 자네뿐이다. 자네를 사랑하는 마음이 이토록 절실하니, 이제 자네도 어두운 곳에서 나와 해바라기를 하며 살게."

그러고는 이를 살려 주었다.

독서광 유형원

　조선 중기에 최초로 토지의 공개념을 설파했던 반계 유형원은 대단한 독서광이었다.

　어느 때 그는 모든 관직을 버리고 할아버지가 터를 닦아 놓은 전라도 부안 우반동으로 가족들을 데리고 내려갔다.

　그 뒤 우반동 대숲 속에서 밤낮없이 책을 읽었다. 그의 집 사립문은 종일 거의 닫혀 있었고, 그의 서실에는 새벽까지 촛불이 켜져 있었다. 그가 서실에서 나오는 것은 아침저녁 겨우 두 차례 가묘에 문안드리는 시간뿐이었다. 그는 책을 읽고는 사색하기를 좋아했다.

　하루는 말을 타고 밖에 나갔다가 깊은 사색에 빠지는 통에 말이 엉뚱한 곳에다 그를 내려놓기도 했다.

맹사성과 무명 선사

　열아홉의 어린 나이에 장원 급제해 스무 살에 경기도 파주 군수가 된 맹사성은 자만심으로 가득 차 있었다. 어느 날 그가 무명 선사를 찾아가서 물었다.

　"스님은 이 고을을 다스리는 사람으로서 내가 최고로 삼아야 할 좌우명이 무엇이라고 생각하시오?"

　그러자 무명 선사가 대답했다.

　"그건 어렵지 않지요. 나쁜 일을 하지 말고 착한 일을 많이 베푸시면 됩니다."

　"그런 건 삼척동자도 다 아는 이치인데, 먼 길을 온 내게 해줄 말이 고작 그것뿐이오?"

　맹사성은 거만하게 말하며 자리에서 일어나려 했다. 그러자 무명 선사가 녹차나 한잔 하고 가라며 붙잡았다. 그는 못 이기는 척 자리에 앉았다.

그런데 스님은 찻물이 넘치도록 그의 찻잔에 자꾸만 차를 따르는 것이 아닌가.

"스님, 찻물이 넘쳐 방바닥을 망칩니다."

맹사성이 소리쳤지만, 스님은 태연하게 계속 찻잔이 넘치도록 차를 따랐다. 그러고는 잔뜩 화가 난 맹사성을 물끄러미 쳐다보며 말했다.

"찻물이 넘쳐 방바닥을 적시는 것은 알고, 지식이 넘쳐 인품을 망치는 것은 어찌 모르십니까?"

맹사성은 스님의 이 한 마디에 부끄러움을 느껴 얼굴이 붉어졌다. 그리고 황급히 일어나 방문을 열고 나가려다가 그만 문에 세게 부딪치고 말았다. 그러자 스님이 빙그레 웃으면서 말했다.

"고개를 숙이면 부딪치는 법이 없습니다."

메이저의 낡은 외투

　20세기 들어 영국의 최연소 수상이 된 존 메이저는 서커스단 공중그네 연기자의 아들이었다.

　출신 배경에 걸맞게 그는 대학 문턱에도 가보지 못했고, 선조에게서 유산을 물려받지도 않았다. 뿐만 아니라 노동자로 일하다 한때 실직을 당해 정부에서 주는 사회복지 수당으로 연명한 적이 있는 서민 출신, 아니 차라리 빈민 출신이라고 해야 할 사람이다.

　메이저가 수상이던 시절에 옛 소련을 방문한 적이 있었다. 그때 한 보좌관이 메이저가 입은 코트가 너무 낡았으니, 코트를 벗고 양복만 입으라고 권했다.

결국 메이저는 코트 없이 양복만 입은 채 모스크바 붉은 광장에서 추위에 떨어야 했다.

런던에서 TV를 통해 메이저의 모스크바 방문을 지켜보던 한 양복점 주인이 그가 귀국하는 대로 새 코트를 선물하겠다는 제안을 했다고 한다. 메이저가 귀국한 뒤 그 양복점 주인에게서 코트를 받았는지 여부는 알 수 없다.

그러나 양복점 주인의 눈에 비친 대영제국 수상의 낡은 코트 이야기는 세계인들로 하여금 많은 것을 생각하게 해 주었다.

서경덕의 유언

　화담 서경덕 선생은 퇴계 이황과 율곡 이이에 앞서 성리학을 체계화한 분이다.

　화담 선생이 임종할 당시의 이야기다.

　화담 선생은 오랜 투병 생활로 몸과 마음이 지칠 대로 지쳐 있었다.

　죽음을 눈앞에 둔 어느 날, 제자가 찾아와서 물었다.

　"선생님, 지금 돌아가시기 전의 심정이 어떻습니까?"

　그러자 화담 선생은 이렇게 대답했다.

　"삶과 죽음의 이치를 안 지 내 이미 오래니, 마음이 편안하다. 이제야 알았다. 최고의 진리는 죽을 때 웃으며 죽는 것이다. 오호 통재라! 아무리 유능하고, 또 많이 가지면 무엇 하랴? 죽을 때 웃으며 죽는 것이 삶의 진정한 진리다."

　화담 선생은 얼마 후 미소를 띠며 세상을 떴다.

아이의 풍선

　어린이날을 맞아 젊은 부부가 아이들을 데리고 서울의 어린이대공원을 찾았다. 건널목에서 신호가 바뀌기를 기다리며 서 있는데, 아이가 들고 있던 풍선을 놓쳐 버렸다.

　풍선은 바람에 날려 차도로 폴폴 날아들었다. 아이는 그만 울음을 터뜨렸다. 자동차들이 쌩쌩 달리며 무섭게 지나갔다. 공교롭게도 풍선은 터지지 않고 지나가는 자동차 바람에 날려 요리조리 굴러다녔다.

　그때 택시 하나가 풍선 앞에 와서 멈추더니, 늙수그레한 기사가 운전석에서 내려섰다. 그러고는 풍선을 주워 길옆에서 울고 있는 어린아이에게로 다가와 건네주었다.

집배원이 된 숯장수 이야기

지방의 어느 우체국에서 있었던 일이다.

집배원이 필요해서 우체국장이 사람을 썼다. 마침 주위에서 추천해 주어 한 젊은이를 채용했다. 젊은 집배원은 임시 직원이라, 우편물 배달 구역으로 우체국에서 멀리 떨어진 산간 마을을 맡았다. 개울과 고개가 첩첩인 30리 길이었다.

그는 몇 통 되지도 않는 편지 때문에 그 먼 길을 매일 다녀야 하는 것이 귀찮아서 꾀를 냈다.

산골 마을이라 급한 편지가 거의 없음을 알아차린 그는 이틀치 편지를 모아 두었다가 하루 걸러 한 번씩 배달했다. 나중에는 그것도 힘이 들어 산골 마을까지 가치 않고 도중에 다른 사람 편에다 우편물을 부탁하려고 했다.

마침 숯을 구워 팔기 위해 매일 읍내를 오가는 가난한 숯장수를 알게
되어 그에게 부탁했다. 숯장수는 비가 오나 눈이 오나 도중에 편지를 받
아 마을에 전해 주었다.

드디어 일 년이 지나 정식 직원으로 발령이 나는 날이었다.

그런데 우체국장은 젊은이 대신 숯장수를 직원으로 채용했다. 젊은 집
배원은 그나마 임시직마저 잃어 실업자가 되고 말았다.

뒤늦게 애원을 했지만, 소용없는 일이었다.

교장 선생님의 서류 봉투

    우리 나라 남해군에 창선도라는 조그만 섬이 하나 있다.

    연육교가 생기기 전, 창선도 나루에서 버스가 바다로 추락한 사고가 있었다. 불행하게도 그 버스에는 많은 승객이 타고 있었는데, 운전사가 버스의 바퀴 앞에 굄돌 놓는 것을 잊어버린 탓에 버스가 바다로 미끄러져 추락한 것이다.

    그 버스 승객 중에는 어느 초등학교 교장 선생님도 있었다. 평생을 교직에 몸담아 온 교장 선생님은 정년을 눈앞에 두고 있었다.

    교장 선생님은 분교(分校) 설치 문제로 남해군 교육청으로 가는 길이었다. 그는 버스와 함께 물에 빠져 허우적대다가 가까스로 버스의 창문을 발로 차면서 겨우 수면으로 올라와 구사일생으로 목숨을 건졌다. 구두는 벗겨져 맨발이고, 소지품들도 당연히 행방불명이었다.

    그러나 교장 선생님은 서류 뭉치만은 꼭 거머쥐고 있었다. 생명이 경각에 달린 그 위기에서도 봉투만은 놓치지 않았다.

실신 직전의 상태로 겨우 살아난 그에게 사람들이 물었다.

"아니, 그게 무슨 봉투입니까?"

사람들은 거액이 든 돈 봉투인 줄 알았으나, 그게 아니었다.

"이건 분교를 설치하는 데 필요한 서류요. 그런데 서류가 젖어 버렸으니, 원!"

학교 아이들의 배움터를 마련하기 위해 목숨 걸고 지켜 낸 서류 봉투였다.

늙은 선비의 슬픔

　조선 성종 때 한 가난한 선비가 남산 밑 오두막집에서 살고 있었다. 어느 날 성종이 민심을 알아보기 위해 남산골을 찾았다가, 마침 그 선비네 집 앞을 지나게 되었다.

　그때 백발이 성성한 늙은 선비가 술상을 앞에 놓은 채 통곡을 하고, 상주(喪主)와 여승(女僧)은 노래하며 춤을 추고 있었다. 성종이 기이해서 그 까닭을 물었다.

　그러자 노인이 말했다.

　"상주는 제 아들이고, 여승은 며느립니다. 오늘 내 회갑을 맞았으나 집안이 너무 궁핍해 며느리가 머리를 잘라 술과 안주를 마련했으니, 어찌 슬프지 아니하겠습니까?"

　이 사연을 들은 성종은 궁궐로 돌아와서 과거를 마련했다. 그리고 '상가승무노인곡(喪家僧舞老人哭)'을 글제로 해서 가난한 늙은 선비를 과거에 급제시켜 주었다.

우유 한 병

　한 젊은이가 실수로 죄를 지어 교도소에 수감되었다. 그러자 그의 어머니가 거의 매일 면회를 왔다. 그때마다 젊은이는 어머니 뵙기가 고통스러웠다. 면회를 오지 말라고 만류해도 어머니는 비가 오나 눈이 오나 아들 걱정을 하며, 하루도 빠뜨리지 않고 면회를 왔다.

　추운 겨울이었다. 어머니는 추위도 무릅쓰고 면회를 와서는 품속에서 말없이 우유 한 병을 꺼냈다. 그리고 창살 너머로 아들에게 우유를 밀어 넣어 주었다.

　우유는 따끈따끈했다. 어머니는 행여나 우유가 식을까 봐 가슴속에 품어 온 것이다.

　순간, 젊은이는 눈물이 핑 돌아 그만 울음을 터뜨리고 말았다. 어머니의 체온이 담긴 우유병을 받아 쥐었지만, 한 모금도 마실 수가 없었다.

말 많은 왕의 버릇을 고쳐 준 이야기

히말라야 산 밑에 있는 호수에 거북과 두 마리의 백조가 살고 있었다. 하루는 백조가 거북에게 말했다.

"우리가 살던 히말라야 중턱에 눈부신 황금 굴이 있는데, 우리와 함께 가보지 않겠소?"

"내가 거기까지 어떻게 갈 수 있겠소?"

"우리가 당신을 데려다 드리지요. 당신이 입을 다물고 아무하고도 말을 하지 않는다면."

"입을 다물겠소. 어떻게든 나를 그곳에 데려다 주시오."

백조들은 나뭇가지 하나를 거북의 입에 물린 다음 자기들이 그 양쪽 끝을 물고 하늘을 날았다.

백조가 거북을 데리고 가는 모양을 보고 동네 아이들이 떠들어댔다.

"야, 거북이 백조에게 물려 간다."

거북은 아이들에게 욕을 해주고 싶어졌다.

"친구가 나를 데리고 가는데, 너희가 무슨 상관이냐. 이 고얀 놈들!"

거북은 말을 하는 순간 나뭇가지를 놓쳐, 그만 땅에 떨어져 두 조각이 나고 말았다.

백범 김구의 어머니

　백범 김구 선생이 한때 어머니를 모시고 중국 난징에서 지낸 적이 있었다. 마침 어머니의 생일이 다가왔다. 김구 선생을 존경하는 이들이 이같은 사실을 알고는 돈을 모아 잔치를 준비했다.

　이 일을 앞서 눈치 챈 어머니가 이들을 불러 말했다.

　"생일상 차릴 돈을 나에게 주게나. 그러면 내가 먹고 싶은 음식을 준비하겠네."

　친구들은 그런 줄 알고 돈을 드렸다.

　이후 장을 보러 간다고 밖으로 나갔다 온 어머니는, 음식을 준비하는 대신 독립 운동에 쓰라고 권총 두 자루를 사서 이들에게 건네주었다.

어리석은 부자의 아들

옛날에 한 부자의 아들이 있었다. 그는 바닷가에 놀러 나갔다가 오랫동안 물속에 잠겨 있던 목재 하나를 건져 수레에 싣고 집으로 돌아왔다. 그러고는 목재를 내다 팔 양으로 그것을 다시 장으로 가지고 갔다.

그런데 아주 귀한 목재여서 값이 비싸기 때문에 사려는 사람이 아무도 없었다. 여러 날이 지나도록 팔리지 않자, 그는 걱정이 되었다.

마침 옆에는 숯을 파는 사람이 있었는데, 숯은 잘 팔렸다. 이를 본 부자의 아들은 목재로 숯을 구워 어서 제값을 받는 것이 낫겠다고 생각했다. 그래서 목재를 태워 숯을 만들어 시장에 내다 놓았다. 하지만, 그는 나무의 절반 값도 받지 못했다.

뱀의 머리와 꼬리

뱀 한 마리가 살고 있었다. 어느 날, 뱀의 꼬리가 머리에게 말했다.
"이제부터 내가 앞서 가야겠다."
그러나 머리가 말했다.
"언제나 내가 앞서 갔는데, 이제 와서 갑자기 무슨 소리냐?"
그러고는 여전히 앞서 갔다.
그러자 꼬리는 심술이 나서 그만 나무를 칭칭 감아 버렸다. 머리는 더는 앞으로 나아갈 수가 없었다. 그래서 하는 수 없이 꼬리를 앞세워 가게 되었다.
그러나 꼬리가 길을 잘못 들어 불구덩이에 떨어짐으로써 뱀은 타 죽고 말았다.
스승과 제자도 이와 같다. 제자는 '스승들은 연로하다는 이유로 항상 앞에 서 있다. 그러나 우리는 젊다. 우리가 길잡이가 되어야 한다'고 말한다.

늑대를 잠재운 이야기

　미국은 예나 지금이나 미식축구로 해가 뜨고 진다고 할 정도로 인기가 대단하다. 경기 또한 과격해서 그라운드에서나 스탠드에서나 그 열기 때문에 불상사가 끊이지 않는다.

　어느 해인가 응원단끼리 싸움이 붙어 경기장은 삽시간에 아수라장이 되었고, 얼마나 격했는지 출동한 경찰도 속수무책으로 도망 다니기에 급급할 정도였다.

　이 같은 상황에서 한 아가씨가 기지를 발휘해 본부석의 마이크를 잡고 미국 국가(國歌)를 불렀다. 스피커를 통해 국가가 흘러나오자 광분해서 날뛰던 군중들이 모두 부동자세로 서서 국가를 따라 부르기 시작했다. 질서가 잡히자 장내가 조용해졌다. 연약한 한 아가씨의 작은 지혜가 미친 늑대처럼 날뛰던 수많은 관중을 잠재운 것이다.

어머니의 사진

    제2차 세계대전이 일어나 미국이 필리핀을 점령했을 때의 일이다.

    마닐라 해안을 향해 함포 사격을 하려고 할 때, 한 해병의 옷이 바람에 날려 바닷물에 떨어졌다. 상사가 만류했지만, 그는 바다에 뛰어들어 옷을 건졌다.

    전쟁이 끝난 뒤, 결국 그는 상관의 명령에 복종하지 않은 죄로 법정에 서게 되었다.

    법관이 전쟁 중에 명령에 따르지 않고 옷을 건지기 위해 바다에 뛰어든 이유를 물었다.

    그는 그때서야 젖은 옷 속에 들어 있던 어머니의 사진을 꺼내 보였다. 법관은 그 해병을 특사로 풀어 주며, 그의 효(孝)에 갈채를 보냈다.

장관님의 부인이십니다

자유당 시절 유엔 대사를 지내다가 외무부 장관이 된 어떤 사람이 있었다. 그가 귀국할 때 많은 출영객들이 마중을 나왔고, 그 사람은 그들과 일일이 악수를 했다.

그 가운데 노랑 저고리와 다홍치마를 입은 한 부인이 있었다.

"반갑습니다. 나 ○○○이오."

그 사람이 인사를 건네자, 옆에 있던 한 사람이 그의 귀에 대고 일러주었다.

"장관님의 부인이십니다."

미국 유학길에 오를 때 갓 스물이었던 부인이, 환갑을 넘긴 할머니가 되어 나타난 것이다.

그 사람은 체면 불구하고 부인을 와락 끌어안았다. 온갖 고초를 겪으면서도 시부모를 공경하며 남편을 기다려 온 부인 앞에서 그는 차마 눈물을 감추지 못했다.

장관을 이긴 경찰관

　서독 국방 장관이 교통 법규에 걸려 한 교통 경찰관에 의해 고발을 당했다. 죄목은 과속이었다.

　마침 장관은 도시 계획이 잘되어 있기로 소문난 프랑크푸르트를 과속으로 달렸는데, 그것을 본 경찰 순찰차가 추격을 해왔다. 장관은 필사적으로 도망(?)쳤으나, 결국 경찰관에게 붙잡히고 말았다. 속력에서 장관 차는 순찰차의 상대가 되지 못했다.

　법규를 위반했으니 벌금을 물어야 한다며 딱지를 떼려고 하자, 장관은 벌금을 물지 못하겠다고 버텼다. 이유는 각료 회의에 늦지 않으려고 부득이 과속을 했지만, 그것은 어디까지나 공적(公的)인 일인 만큼 벌금을 물 수 없다고 했다. 그러나 경찰관은 그를 용서하지 않았다. 화가 치민 장관은 마음대로 하라면서 가 버렸다.

　경찰관은 마침내 장관을 고발했고, 재판 결과 교통 경찰관이 이겼다.

시방 넉 점 반

　엄마가 아이에게 지금 몇 시나 되었는지 알아보고 오라고 할아버지 가게로 심부름을 보냈다. 가게에 갔더니 할아버지가 시방 '넉 점 반' 이라고 일러 주었다.

　'넉 점 반, 넉 점 반……' 하고 오던 아이는 물 먹는 닭을 구경하고, 개미 거동도 좀 보고, 잠자리 따라서 한참을 돌아다닌 뒤에 해가 꼴딱 져서야 분꽃 한 송이를 입에 따다 물고 집으로 돌아왔다. 그러고는 엄마에게 말했다.

　"엄마, 시방 넉 점 반이래."

　이것은 윤석중 선생님의 동시 〈넉점 반〉이라는 작품을 풀어서 쓴 것이다.

두레박 쓰기를 거절한 노인

두레박이 생기기 전까지는 우물 속에 계단을 만들어 놓고 물을 길으러 오르내렸다. 바닥까지 내려가서는 물을 항아리에 담아서 들고 올라왔던 것이다. 공자의 제자인 자공은 어느 날 길을 가다가 우물물을 길어 밭에 물을 주고 있는 한 노인을 만났다. 노인이 물을 들고 우물 계단을 오르내리는 것이 무척 힘들어 보였다. 그래서 자공이 노인에게 다가가 두레박을 만들어 물을 긷는 손쉬운 방법을 가르쳐 주려 했다.

그러자 노인이 말했다.

"우리 선생이 가르치기를 '기계를 가진 자는 기계를 쓸 일이 있고, 기계를 쓰는 사람은 반드시 기계의 편리함에 묶여 무엇을 꾀하는 마음이 생긴다(有機械者 必有機事 有機事者 必有機心)'고 말했소."

그러고는 이 같은 말을 하면서 두레박 사용하기를 거절했다.

"기계의 힘만을 빌리려는 마음〔機心〕이 생기면 인간의 순수한 본성이 안정되지 못한다."

당신이 잡아 드시우

러시아의 위대한 문호 톨스토이는 채식주의자였다. 그가 집에서 저녁 파티를 열었는데, 어떤 부인 한 사람을 빼고는 모두 채식가들이었다.

이때 채식을 하지 않는 부인의 식탁에는 아무것도 없었다. 대신 그녀의 의자에 살아 있는 닭 한 마리가 있었다.

톨스토이는 부인에게 다음과 같이 말했다.

"나는 마음이 내키지 않아서 닭을 잡지 못했으니, 육식을 하시는 부인께서 닭을 잡아 잡수시오."

제석천의 반격

    제석천과 아수라가 전쟁을 했다. 제석천 군사가 아수라 군사에게 쫓겨 후퇴를 하면서 수미산 숲을 지나게 되었다.

    숲 속에는 많은 금시조들이 둥지를 틀고 있었다. 제석천은 수레와 말이 숲을 지나면서 그들을 죽일까 두려워서 군사를 돌렸다.

    제석천 군사가 갑자기 말머리를 돌리자, 뒤쫓아 오던 아수라군은 그들이 반격해 오는 줄 알고 겁에 질려 도로 쫓겨 갔다.

연못에 빠진 동전 한 닢

조선 중기의 청백리 정승인 이원익은 어느 날 연못을 지나다가 연못가에서 어린아이가 울고 있는 것을 보았다. 우는 까닭을 물었더니, 연못에 동전을 빠뜨렸다는 것이다.

이원익은 아이를 달래 놓은 다음 아랫사람을 시켜 연못 물을 퍼내게 하여 아이의 동전을 찾아 주었다. 또한 연못 물을 퍼낸 사람들에게도 수고했다며 열 닢을 나누어 주었다.

그러자 한 하인이 이원익의 행동을 이해할 수 없다는 듯이 물었다.

"동전 한 닢을 찾는 데 열 닢이나 쓰시면, 큰 손해가 아닙니까?"

하인의 말에 이원익은 빙그레 웃으면서 대답했다.

"동전 한 닢이 연못에 빠져 있으면 나랏돈 한 닢이 줄어든 것이라고 할 수 있다. 하지만 열 닢을 들여서라도 그 한 닢을 건져 내면 잃었던 돈을 찾은 셈이니, 나랏돈이 한 닢 느는 것이 아니냐."

사이왕의 판결

　알렉산더가 원정 중에 어느 도시에 이르렀다. 그 도시의 백성들은 전쟁 없는 평화로운 삶을 누리고 있었다.

　마침 알렉산더왕은 이 도시의 왕인 사이왕과 덕치(德治)에 대해 이야기할 기회가 있었다.

　그런데 이들이 대화를 나누는 중에 두 사람이 찾아와 실랑이를 벌였다. 내용인즉, 땅을 새로 산 사람이 땅을 개간하다가 보물 상자 하나를 발견하고는 먼저 주인에게 돌려주려 한다는 것이었다.

　"난 땅을 샀을 뿐 보물 상자를 산 것이 아니므로, 보물 상자는 그대의 것이오."

　그러나 전 주인은 받지 않겠다고 했다.

　"나도 보물이 있는 줄 모르고 팔았으니, 그 보물 상자는 당신 것이오."

　이 같은 일로 서로 다투고 있으니 왕이 현명한 판결을 내려 달라고 했다. 그때 사이왕은 한참 고심을 하다가 그들에게 물었다.

"그대들에게 자식이 있느냐?"

알아보니 땅을 산 이에게는 아들이 있고, 땅을 판 이에게는 딸이 있었다.

사이왕은 빙그레 웃으면서 두 자녀를 혼인시켜 그 신혼 가정에 보물 상자를 주라고 명령했다.

어느 고을에 할 일을 자주 미루는 사람이 있었다.

그의 집에는 방이 세 칸 있었는데, 그 가운데 두 칸은 지붕에서 비가 샌 지 오래되었다. 그나마 한 칸이 멀쩡해서 비만 오면 그 방으로 피신을 했다.

그러던 어느 비 오는 날, 그 한 칸마저도 빗물이 새기 시작했다. 비가 그치자 그는 마지못해 지붕을 수리하기로 했다. 그런데 지붕을 뜯어내고 보니 비가 샌 지 오래된 방 두 칸은 서까래, 기둥, 들보가 모두 썩어 못 쓰게 되어 있었다.

반면에 한번 비가 샜던 방의 재목들은 썩은 데가 없어 깨진 기와 몇 장을 바꾸는 것으로 충분했다. 그는 지붕을 다 고치고서야 일을 미루는 자신의 습관이 오랫동안 비를 맞아 썩어 버린 재목과 같음을 깨달았다.

　잘못을 알고도 바로 고치지 않으면 점점 나쁜 사람이 되어 마치 서까래가 썩어 못 쓰게 되는 것과 같으며, 잘못을 알고 바로 고친다면 다시 착한 사람이 될 수 있으니 기와만 갈고 서까래는 다시 쓸 수 있는 것과 같다.

개구리 목소리

한 개구리가 있었다.

개구리는 자신의 목소리가 새들처럼 예쁘지 않은 것이 늘 속이 상했다. 그러던 어느 날, 용기를 내어 숲 속의 요정을 만나서 자신의 목소리를 아름다운 새소리로 바꾸어 달라고 부탁했다.

요정은 개구리의 목소리를 종달새 목소리로 바꿔 주었다.

개구리는 너무 기뻐서 얼른 연못가로 달려가 자신의 새 목소리를 개구리 친구들에게 들려주었다. 그러자 개구리 친구들이 입을 삐죽이며 말했다.

"세상에, 저렇게 듣기 싫은 개구리 소리가 어디 있담!"

사라진 갈매기

먼 옛날 어느 바닷가에 한 어부가 있었다. 바다에 나가면 갈매기들이 그를 반겨 어깨 위에 내려앉았다.

어느 날, 갈매기 고기가 맛있다는 이야기를 들은 어부의 아내가 그에게 갈매기를 잡아 오라고 했다.

그런데 다음날 바다에 나갔더니, 어찌된 영문인지 갈매기가 한 마리도 내려와 앉지 않았다. 자신을 헤치려는 기심(機心)을 미리 알아챘던 것이다.

티끌 모아 태산

'오성과 한음'으로 유명한 오성 이항복이 어릴 때의 이야기다.

아홉 살 때 아버지를 잃은 이항복은 어머니 슬하에서 자라며 동네 개구쟁이 노릇으로 어머니 속을 썩였다. 그때 마을에 대장간이 있어서 이항복은 가끔 버려진 쇳조각을 주워 집으로 가지고 오곤 했다.

그것을 보고 어머니가 인자하게 말했다.

"보잘것없는 쇳조각이지만 언젠가는 쓸모가 있을 것이다."

당시 대장간 주인은 난봉꾼이라 노름에 미쳐서 대장간 일을 제대로 하지 않았다. 결국 대장장이는 오래지 않아 거지가 되어 길에 나앉는 신세를 면치 못했다. 대장간 일을 하려고 해도 쇠가 없으니, 주문이 들어와도 일을 할 수가 없었다.

이 소식을 들은 이항복은 대장장이를 찾아가 그동안 모아 두었던 쇳조각을 내놓았다. 자존심 상하는 일이었지만, 대장장이는 어린 이항복에게서 얻은 쇳조각으로 다시 일을 시작할 수 있었다.

그 일을 두고 마을 사람들이 '티끌 모아 태산'이라고 했다.

어머니가 돌아가시자 이항복은 삼년상을 치르고 성균관에 들어갔다.

이후 학문에 전념해 과거에 급제한 뒤 영의정에까지 올랐다.

송광사의 엽전 석 냥

예나 지금이나 절에서 불사를 할 때는 화주(化主)들이 나서서 모금을 한다. 불사하는 데 돈이 드니 성금을 내라는 것이 아니다. 이 기회에 이 타행을 해 공덕을 지으라는 것이다. '모금(募金)'이 아니라 '권선(勸善)'이다.

그런 깊은 의미가 있기에 권선으로 모은 정재(淨財)는 한 푼도 허투루 쓸 수가 없다.

불사를 하고 남아도 다른 용도로 돌려쓰지 않는 것이 불가의 오랜 전통이다. 남은 돈은 두었다가 나중에 같은 불사를 하는 데 보태 쓴다. 심지어 등잔에 쓰는 기름도 공적인 것과 사적인 것을 철저하게 구분해서 썼다고 한다.

승보 사찰인 송광사에 가면 우화루라는 아름다운 전각이 있고, 그 우화루의 용머리에 엽전 석 냥이 철사에 꿰어져 있다. 이것은 전에 이 우화루 불사를 할 때 쓰고 남은 돈이라고 한다.

당시 책임자가 몰래 챙기지 않고, 남은 엽전 석 냥을 철사에 꿰어 우화루 용머리에다 지금껏 걸어 둔 것이다. 이 엽전 석 냥은 나중에 우화루를 다시 고치거나 새로 지을 때 쓸 것이다.

파브르의 나비

　곤충학자 파브르가 하루는 나비를 관찰하고 있었다.

　마침 나비가 고치를 뚫고 나오려고 했다. 파브르는 나비가 고치를 빠져나오기 위해 안간힘을 쓰는 것이 안타까웠다. 하지만 날개가 너무 커서 쉽사리 빠져나오지 못했다.

　그 모습이 하도 애처로워서 파브르는 나비가 빠져나올 수 있도록 고치를 찢어 주었다.

　그런데 고치를 빠져나온 나비는 날지 못하고, 그만 그 자리에 주저앉고 말았다.

벼락부자와 디오게네스

어느 날, 한 동네의 벼락부자가 디오게네스의 명성을 듣고, 그를 자신의 집으로 초대했다.

벼락부자의 집은 입구부터 온통 값비싼 대리석으로 번쩍거렸다. 벼락부자는 디오게네스에게 말할 기회조차 주지 않은 채 집 자랑을 늘어놓았다.

그런데 갑자기 디오게네스가 주위를 두리번거리더니, '퉤' 하고 부자의 얼굴에 침을 뱉어 버렸다.

철학자의 이 어이없는 행동에 놀라 당황해하는 부자에게 디오게네스가 말했다.

"그대의 집과 정원은 정말로 훌륭하네. 이렇게 아름답고 깨끗한 집에서 내가 침을 뱉을 곳이란 자네 얼굴밖에 없었네. 거만과 탐욕으로 가득찬 자네의 얼굴이 곧 쓰레기통이니까."

대장장이 제자

　퇴계 이황은 풍기 군수로 있으면서 주세붕이 세운 백운동서원을 사액 서원으로 승격시켰다. 사액 서원이란 임금이 특별히 지정한 교육 기관을 말한다. 퇴계는 백운동서원에서 많은 제자를 길렀다. 당시 제자들은 모두가 양반 자제들이었는데, 딱 한 사람만이 대장장이 노릇을 하는 상민이었다.

　대장장이 배순(裵淳)은 산골 사람으로, 당시 야공(冶工: 대장장이)이었다. 신분은 천하지만 학문을 좋아했던 그는 퇴계가 제자들을 가르칠 때 백운동서원을 찾아와 뜰아래서 돌아갈 줄 모르고 글을 즐겨 따라 읽었다.

　퇴계가 풍기 군수를 그만두고 고향인 안동으로 돌아가자 배순은 선생의 철상(鐵像)을 주조해 아침저녁으로 분향하면서 경모했다. 평생을 스승으로 모신 퇴계가 세상을 뜨자 삼년 복을 입고 제사를 지냈다.

퇴계의 손자

퇴계 선생은 공직에서 물러나자 서원을 짓고 제자들을 길렀다.

당시 출셋길은 과거에 급제해 벼슬아치가 되는 것이었으나, 퇴계의 서원에서는 출세주의와 공리주의를 떠나 순수 학문을 연구하는 것을 제일로 쳤다. 그러다 보니 퇴계의 명성을 듣고 왔다가 교과 내용이 과거와는 별개라는 사실을 알고 발걸음을 돌리는 유생이 적지 않았다.

퇴계의 손자도 서원에서 할아버지의 가르침을 받지 않고, 과거 급제만을 목표로 하는 사설 학원에 다녔다. 요즘으로 말하면 고시 학원 같은 곳으로, 과거 위주의 암기와 작문을 주로 가르쳤다.

손자가 할아버지의 길을 따르지 않자, 퇴계는 손자에게 다음과 같은 시를 보여 주었다.

"가까이 있는 단 복숭아는 거들떠보지도 않고, 쓴 돌배 따러 온 산천을 헤매는구나."

그 후, 손자는 진로를 바꿔 학문에 매진했다.

퇴계와 노새

　어떤 사람이 나이 든 퇴계 선생에게 노새 한 마리를 선물했다. 나들이 할 때 타고 다니라고 보내 준 것이다.

　그러나 퇴계는 그 노새를 주인에게 도로 돌려보냈다.

　그러자 한 제자가 물었다.

　"예전에 공자께서도 친구가 보낸 거마(車馬)를 사양하지 않고 받으셨는데, 선생께서는 어찌 노새를 돌려보내셨습니까?"

　"남의 선물을 받는 데는 법도가 있는 법이다."

　"법도란 어떤 것을 말씀하시는 것이옵니까?"

　"옛 사람들은 집에 부모가 생존해 계시면 남에게 거마를 선물로 주는 법이 없었다. 그 사람은 그런 법도를 몰라서 나에게 노새를 선물했지만, 나는 그 법도를 아는데 어찌 그 노새를 받을 수 있겠느냐?"

　제자는 퇴계의 말을 듣고 새삼 머리를 숙였다.

까마귀의 밥과 개미의 밥

　장자의 임종이 가까워지자 제자들이 모여 그의 장례식을 성대히 치르는 문제에 대해 의논했다. 이를 들은 장자는 다음처럼 말하면서 제자들의 장례식 논의를 중단시켰다.

　"나는 천지로 관(棺)을 삼고, 일월(日月)로 연벽(連璧)을, 성신(星辰)으로 구슬을 삼으며, 만물을 조문객(弔問客)으로 삼으니, 이로써 모든 것이 다 구비되었다. 더 이상 무엇이 필요한가?"

　이 말을 들은 제자들은 장례를 소홀히 하면(매장을 안 하면) 까마귀와 솔개의 밥이 될 우려가 있다고 말했다.

　이에 대해 장자는 제자들에게 이와 같이 말했다.

　"땅 위에 있으면 까마귀와 솔개의 밥이 되고, 땅속에 있으면 땅속의 벌레와 개미의 밥이 된다. 까마귀와 솔개의 밥을 빼앗아 땅속에 있는 벌레와 개미에게 주는 것은 공평하지 않다."

영의정 홍서봉의 어머니

　홍서봉은 조선 중기의 문신으로 영의정을 지낸 인물이다. 어릴 때 집이 무척 가난해 나물죽도 제대로 먹지 못할 때가 많았다. 그러나 어머니는 가난에도 불구하고 자식의 교육을 위해 최선을 다했다.

　어느 날, 어머니가 하인에게 쇠고기를 사오라고 했다. 그런데 하인이 푸줏간에서 사 온 고기는 사람이 먹어서는 안 될 정도로 상해 있었다.

　그러자 서봉의 어머니는 비녀를 뽑아 하인에게 건네주며, 비녀를 팔아서 푸줏간의 그 고기들을 다 사오라고 했다.

　하인이 쇠고기를 사오자, 어머니는 그 고기들을 담장 밑의 땅속에 모두 묻었다. 마을 사람들이 상한 고기를 먹고 병이 날까봐 걱정이 되어 그 고기들을 다 땅에 묻은 것이다.

현명한 왕과 세 아들

　옛날 어느 나라에 세 아들을 둔 현명한 왕이 있었다. 어느덧 나이가 들어 왕위를 물려줄 때가 된 어느 날, 현명한 왕은 세 아들을 불러 놓고 곡식의 씨앗을 나누어 주며 말했다.

　"나는 오늘부터 일 년 동안 천하를 돌아보러 떠날 테니, 그동안 이 씨앗을 잘 간수해라."

　첫째 왕자는 씨앗을 금고에 넣고 자물쇠로 꽁꽁 잠가 두었다가 부왕이 돌아오면 보여드리기로 했다.

　둘째 왕자는 씨앗을 시장에 내다 팔았다가 나중에 부왕이 돌아오시면 똑같은 씨앗을 사다드리기로 했다.

　셋째 왕자는 밭에다 심어서 가을에 거두어 그 씨앗을 부왕에게 드리기로 했다.

　한 해가 지난 뒤에 돌아온 왕은 씨앗을 땅에 심어 보존해 온 셋째 왕자에게 왕위를 물려주었다.

어린 시절의 퇴계

퇴계 이황의 어린 시절 이야기다.

손위의 형이 어쩌다가 칼에 손을 베었다. 형의 손에 피가 흐르는 것을 본 동생 퇴계는 달려와서 소리를 내어 울었다.

어머니 박씨가 그 광경을 보고 기이하게 여겨서 물었다.

"손을 다친 형은 울지 않는데, 네가 왜 우느냐?"

그러자 퇴계는 이렇게 대답했다.

"형은 저보다 나이가 들어 울지는 않았지만, 이렇게 피가 흐르는데 어찌 아프지 아니하겠습니까?"

노스님과 상좌

　어느 절에 노스님과 상좌가 함께 수도를 하고 있었다. 상좌는 일거수 일투족을 노스님의 가르침대로 행했다. 그러나 마음공부에는 별 진전이 없었다. 그래서 노스님은 걱정이 많았다.

　어느 날, 해우소에 간 노스님이 횃대에 상좌의 장삼이 걸려 있는 것을 보았다. 장삼은 옷이 커서, 그것을 입은 채 들어가면 볼일 보기도 어렵거니와 옷에 냄새가 배니 볼일을 볼 때는 장삼은 횃대에 걸어 두라고 시켰기 때문이다. 그것을 보고 노스님은 상좌를 불렀다.

　"몸에도 냄새가 배니, 이제부터는 몸도 밖에 두고 볼일을 보거라."

　상좌는 비로소 마음의 눈이 번쩍 뜨여 큰 깨달음을 얻었다.

열한 번째 손가락

　모차르트는 어느 날 아무도 칠 수 없는 피아노의 화음을 쳐 보이겠다고 친구들에게 말했다. 그러고는 재빨리 그 화음의 악보를 오선지에 그렸다.

　그 악보는 열한 개의 손가락으로 연주해야 하는 악보였다. 오른손과 왼손을 다 동원하고도 손가락 하나가 모자라는 악보를 보고 친구들이 비웃었다.

　"이걸 칠 수 있는 사람은 아무도 없어!"

　그러자 모차르트는 고개를 가로저으며 조용히 말했다.

　"하지만 난 분명히 할 수 있어."

　모차르트는 피아노 앞에 앉았다. 그런 다음 열 손가락으로 피아노의 건반을 누르는 것과 동시에 코로 나머지 하나의 건반을 눌러 열한 개의 건반으로 화음을 만들어 냈다. 코는 그의 열한 번째 손가락이었다.

살아서 돌아온 제자

　한 스승이 어린 제자를 가르치고 있었다. 그런데 제자의 운명을 보니, 그 제자는 이레 뒤에 목숨이 끝날 운명이었다.

　이러한 사실을 안 스승은 제자에게 마지막으로 부모님을 만나 보고 오라고 집으로 돌려보냈다.

　어린 제자는 집으로 돌아가는 도중에 물에 떠내려가는 개미 떼를 보았다. 자비심이 일어난 제자는 옷을 벗어 흙을 담아 물을 막은 후, 개미들을 마른 땅으로 옮겨 주어 목숨을 건지게 했다.

　어린 제자는 스승이 시킨 대로 집에 들렀다가 이레 만에 스승에게로 돌아왔다. 스승은 제자를 보고는 매우 놀랐다.

　스승은 나중에야 제자가 개미들의 목숨을 구해 준 공덕으로 수명을 늘린 것을 알게 되었다.

한 폭의 그림

아놀드 베크린은 독일의 유명한 화가였다.

어느 날, 가난하고 젊은 화가가 그를 찾아왔다.

"어떻게 하면 선생님처럼 훌륭한 화가가 될 수 있을까요? 저는 2, 3일 걸려서 겨우 그림 한 폭을 그리는데, 그 그림을 파는 데는 2, 3년씩이나 걸리니까 이렇게 가난을 면치 못하고 있습니다. 어떻게 하면 선생님처럼 유명해지는지 가르쳐 주십시오?"

그러자 아놀드 베크린은 만면에 웃음을 띠고 이렇게 말했다.

"그럼, 한 폭의 그림을 2, 3년 걸려서 그려 보게. 그럼 2, 3일 안에 팔릴 테니까."

그때서야 가난한 화가는 뭔가를 크게 깨닫고 돌아갔다.

귤화위지 (橘化爲枳)

제나라의 재상 안영이 초나라의 왕을 만나러 갔다.

초왕은 안영의 기를 꺾기 위해 제나라의 도둑을 잡아 놓고 비아냥거렸다.

"당신 나라 사람들은 도둑질하는 버릇이 있는 모양이다."

이에 안영은 다음과 같이 응수했다.

"귤나무는 화이수이 강(淮水)의 남쪽에서 자라면 귤이 열리지만, 화이수이 강 북쪽에 심으면 탱자가 열린다고 합니다[橘化爲枳]. 저 사람도 초나라에 와서 도둑이 되었을 것입니다."

초왕은 그의 말에 그만 얼굴을 붉히고 말았다.

차가 너무 뜨거우니…

산중에 도가 높은 스님 한 분이 살고 있었다. 그리고 암자 아랫마을에는 글께나 하는 선비들이 몇몇 살았는데, 이들은 스님을 늘 업신여겼다.

"중놈 주제에 도가 높으면 얼마나 높아?"

그러던 어느 날, 선비 셋이 모여 작당을 했다.

"암자에 올라가 중놈을 골려 줍시다. 아마 불도를 배우러 왔다고 하면 흔쾌히 받아 줄 거요."

스님은 찾아온 선비들에게 찻잔 가득 작설차를 내놓았다.

"차가 너무 뜨거우니 이 물을 찻잔에 부어 식혀 드시지요."

그러나 찻잔에 차가 가득 차서 더 부을 수가 없었다.

"이렇게 찻잔이 넘칠 지경인데, 어떻게 물을 더 부으라는 거요?"

선비들이 언성을 높이자, 스님이 조용히 말했다.

"그렇습니다. 배우러 왔다는 분들이 자기의 생각과 지식으로 가득 차 있는데, 소승의 말이 들어갈 자리가 어디 있겠습니까? 진정으로 제 말을 듣기 원한다면, 먼저 자신을 깨끗이 비워야 합니다. 마음에 빈자리가 많을수록 풍요한 법이지요."

스님의 이야기를 들은 선비들은 부끄러워 얼굴을 들지 못한 채 그대로 산을 내려갔다.

유비의 도량

촉한의 황제인 유비의 어린 시절 이야기다.

어느 날, 유비가 냇물을 간신히 건넜다. 그때 건너온 개울 저편에서 한 노인이 불렀다.

"이보게, 날 좀 건네주게."

유비는 개울을 다시 건너가 노인을 업고 개울을 건너왔다.

그런데 노인이 주막에 보따리를 놓고 왔다며, 다시 건네 달라는 것이었다.

"내 보따리를 버리고 오면 어떻게 해!"

유비는 다시 노인을 업고 되돌아가 보따리를 찾아서 또다시 개울을 건너왔다. 그때서야 노인은 얼굴 가득 웃음을 지으며 말했다.

"왜 날 팽개쳐 버리지 않았느냐?"

"만일 제가 그랬다면 노인께서 지금처럼 고마워하겠습니까? 그리고 지금까지의 제 수고도 허사가 될 것이 분명하지 않습니까?"
유비는 이렇게 어려서부터 참고 견딜 줄 아는 도량이 큰 인물이었다.

명궁 이광

　한나라에 이광이라는 장군이 있었다. 어릴 때부터 도량이 넓어 또래들의 우두머리가 되었다. 특히 그는 날아가는 새를 떨어뜨릴 정도로 활을 잘 쏘았다.

　그런 그가 젊은 날 사냥을 나갔다가 그만 길을 잃고 말았다. 이리저리 길을 찾아 헤매는데, 숲 속에서 커다란 호랑이가 나타났다.

　그러나 호랑이가 너무 가까이 있어서, 만일 단번에 명중시키지 못한다면 성난 호랑이의 밥이 될 상황이었다.

그는 심혈을 기울여 활시위를 당겼다. 아니나 다를까, 화살이 빗나갔
는지 호랑이는 꼼짝을 하지 않았다.
잠시 후 그는 고개를 갸웃하며 가까이 가보았다.
그런데 그것은 호랑이가 아니라 호랑이를 닮은 바위였다. 그가 쏜 화
살은 바위 깊숙이 박혀 있었다.

루쉰의 어린 시절

중국 근대의 대문호인 루쉰(魯迅)의 본명은 주수인(周樹人)이다. 그의 할아버지가 '두루〔周〕 나무〔樹〕를 심는 사람〔人〕' 이 되라는 뜻으로 지어 주었다고 한다. 즉 '두루 인재를 가르치는 큰 인물이 되라' 는 의미다.

그는 평생에 걸친 성실한 문학 활동으로 중국인의 스승이 되었다.

루쉰은 어릴 때 고향에서 서당에 다녔다.

하루는 늦잠을 자는 바람에 그만 지각을 하고 말았다. 평소에 성실했던 루쉰이 지각을 하자 훈장 선생이 크게 꾸짖었다.

"무슨 일로 지각을 했느냐?"

하지만 루쉰은 차마 늦잠을 자다 지각을 했다고 말할 수가 없었다. 또 달리 둘러댈 변명도 없었다. 그것은 루쉰의 집이 서당에서 빤히 보일 정도로 가까웠기 때문이다. 훈장은 그래서 더욱 화가 났던 것이다.

훈장에게 야단을 맞은 루쉰은 다시는 늦잠을 자지 않겠노라고 자신에게 다짐하며, 책상 위에다 '조(무)'라는 글씨를 써 놓았다. 그 일이 있은 뒤 서당을 마칠 때까지 루쉰은 한 번도 지각을 하지 않았다.

그가 어린 시절을 보낸 중국 사오싱에는 루쉰이 다니던 서당과 '조(무)' 자를 새긴 책상이 지금까지 보존되어 있다고 한다.

김만중의 효성과 구운몽

숙종 때의 문신인 김만중은 강직한 성품의 소유자였다. 조정에는 모가 난 그를 싫어하는 이들이 많았다. 그는 결국 직언을 하다 숙종의 미움을 받아 멀리 남해로 귀양을 가게 되었다.

그가 유배를 떠나자, 어머니가 아들을 위로하며 말했다.

"내 걱정일랑 조금도 하지 마라. 나는 네가 옳다는 것을 믿는다. 참고 기다리면 상감께서도 널 용서하실 테니, 아무 근심 말고 가거라."

김만중은 어릴 때 일찍 아버지를 잃고 어머니의 가르침으로 바르게 성장해, 장원 급제한 뒤 벼슬길에 나아갔다.

그는 어머니를 향한 효성이 유난히 지극했다.

김만중은 귀양지인 남해의 고도에서도 어머니를 한시도 잊은 적이 없었다. 뿐만 아니라 어머니를 위해 쉬운 한글로 소설을 쓰기 시작했다. 그러고는 편지를 보낼 때마다 한 토막씩 소설을 보내드렸다. 어머니는 다음 이야기를 기다릴 정도로 아들의 소설을 즐겨 읽었다.

소설을 써서 보내드리는 동안 어언 3년이라는 세월이 흘렀고, 김만중도 귀양에서 풀려났다. 그는 어머니에게 보낸 3년 동안의 소설을 책으로 묶어 냈다.

그것이 바로 그 유명한 고대 소설 「구운몽」이다.

우리 문학사에 빛나는 구운몽은 효심에서 비롯된 보은경이다.

백유읍장

    옛날 중국 어느 시대에 백유(伯愈)라는 한 젊은이가 있었다.

    효성이 지극했던 백유는 젊은 날 가끔 잘못을 해 아버지에게 매를 맞았다. 엄한 아버지는 노쇠한 뒤에도 아들을 불러다 놓고 매를 들었다.

    그런데 아버지가 날로 늙으시니 매를 맞아도 아프지가 않았다. 여태껏 매를 맞고 한 번도 운 적이 없는 백유는 아버지가 노쇠해 매가 아프지 않음을 알고는 아버지의 회초리를 들고 종일토록 울었다.

    이것이 바로 백유읍장(伯愈泣杖) 고사(古事)다.

스님의 지팡이

산중에 한 나무가 있었다.

그런데 뿌리를 박은 곳이 너무 척박해 어릴 때부터 제대로 자라지 못했다. 다른 나무들처럼 우람하지도 못하고, 곧지도 못했다. 해마다 병충해를 입어 몰골도 말이 아니었고, 비바람에 시달려 여기저기 상처투성이였다. 재목으로 쓰이지도 못하고, 땔감으로도 변변치 못해 오가는 사람들도 눈길 한번 주지 않았다.

나무는 쓸모없는 자신이 한없이 미웠다.

그러던 어느 날, 산중에 사는 노스님이 지나다가 걸음을 우뚝 멈추고 나무를 바라보았다. 그러고는 이리저리 매만지더니, 자신을 베어 갔다.

"지팡잇감으로 안성맞춤이군!"

나무는 그때서야 자신도 세상의 소중한 물건이 되었다며 으쓱했다.

소동파와 노스님

소동파는 중국의 당송팔대가(唐宋八大家) 가운데 한 사람이다.

그가 벼슬살이를 할 때, 가까운 절 옥천사에 노스님이 머물고 있었다.

문장으로 이름이 높았던 젊은 소동파는 노스님을 늘 얕보았다.

그러던 어느 날, 그는 변장을 하고 옥천사를 찾아갔다.

"성씨(姓氏)가 어찌 되시오?"

스님의 물음에 소동파는 자신의 성씨를 감추었다.

"내 성은 칭(秤) 가요."

"칭 씨라니요?"

스님이 되묻자, 소동파는 으쓱하면서 자신을 소개했다.

"천하의 모든 무게를 달아 보는 저울이라는 뜻이외다."

그 말 속에는 스님의 도가 얼마나 되는지 재 보겠다는 교만심이 가득 들어 있었다.

소동파의 말이 끝나자마자 노스님이 "할!" 하고 큰소리를 내더니, 소동파에게 조용히 물었다.

"천하의 모든 것을 잴 수 있다니, 그럼 방금 이 소리는 몇 근이나 되오?"

그러자 소동파는 대답을 못하고 풀이 죽어 우물쭈물하다 물러나고 말았다. 소동파는 그 뒤 마음을 낮추고 아름다운 시(詩)를 많이 남겼다.

황금 열일곱 덩이와 삼형제

어느 마을에 부자가 죽으면서 세 아들에게 황금 열일곱 덩이를 남겼다. 그리고 유언하기를, 첫째는 1/2을 갖고, 둘째는 1/3을 갖고, 셋째는 1/9을 가지라고 했다.

그러나 아무리 머리를 짜내도 열일곱 덩이를 아버지의 유언대로 나눌 수가 없었다.

마침내 삼형제는 서로 다투게 되었다.

그때, 이웃사람이 나타나 이들에게 황금 한 덩이를 빌려주며 말했다.

"내가 빌려준 하나를 보태면 열여덟 덩이가 되니, 첫째는 아홉 덩이를 갖고, 둘째는 여섯 덩이를 갖고, 셋째는 두 덩이를 가지십시오. 나머지 한 덩이는 나에게 도로 돌려주시오."

그제서야 삼형제는 서로 웃으며 아버지의 유언대로 나누어 가졌다.

슬리퍼 두 켤레

　서울에 있는 어느 호텔로 미국에서 보낸 편지 한 통이 배달되었다. 편지를 보낸 사람은 10년 전 이 호텔에 머물렀다 간 미국인 투숙객 P씨였다.
　편지의 내용은 이러했다.
　"1997년 12월 귀 호텔에 머물렀습니다. 호텔에서 체크아웃할 때 슬리퍼 두 켤레를 몰래 가방에 챙겨서 나왔습니다. 진심으로 사과합니다."
　그리고 편지 봉투 안에는 50달러짜리 수표도 함께 들어 있었다. 그 돈은 그때 훔쳐간 슬리퍼 값으로 보내온 것이었다. 한 켤레에 25달러씩 계산해서 보낸 것이었다. 그리고 P씨는 "혹시 슬리퍼 값으로 모자라면 다시 연락해 주십시오"라고 편지에 덧붙였다.
　편지를 열어본 지배인은 곧 P씨에게 답장을 보냈다.
　"비록 객실 비치용 슬리퍼이기는 하지만, 보내주신 50달러는 되돌려 드립니다."
　그리고 편지를 보내온 P씨에게 슬리퍼 한 켤레를 선물로 보냈다.

무 하나와 맞바꾼 황소 한 마리

　한 농사꾼이 무농사를 지었는데, 무 하나가 엄청 컸다.

　"아무래도 이 무는 마을 원님께 바쳐야지. 우리 같은 무지랭이가 먹을 게 아니여."

　그런 생각으로 마을 원님께 갖다 바쳤더니, 원님이 그 정성을 갸륵히 여겨 크게 후사를 했다.

　인근 마을에 살던 한 사람이 무 하나를 바치고 큰 이익을 얻었다는 소문을 듣고는 자기가 기르던 소를 끌고 원님에게 바치러 갔다.

　"이 황소는 워낙 덩치가 크고 힘이 장사인지라 나 같은 상것이 키울 것이 아니라, 원님께 바치고 싶어서 가져 왔습니다."

　역시 원님은 그 마음이 참으로 갸륵하다 하면서 창고로 가더니 커다란 무를 갖고 나왔다.

　황소를 바치면 더 큰 선물을 주겠거니 했던 농부는 그만 황소를 잃고 애꿎은 무만 달랑 들고 집으로 돌아와 통곡을 했다.

억새와 노스님

어느 겨울날, 한 나그네가 산사 옆 억새밭을 지나다가 말라죽어 있는 억새를 보며 노스님에게 말했다.

"스님, 저 억새들은 한여름 무성한 푸르름을 자랑하다가 이제는 아무런 쓸모없이 저렇게 말라죽어 있군요."

나그네의 말에 스님이 대답했다.

"그렇지 않습니다. 저 억새들은 아무 볼품없이 저렇게 서 있지만, 아직까지 제 할 일이 남아 있어서 저렇게 서 있는 게지요."

"아니, 아직까지 할 일이 남아 있다니요?"

"아직도 어미 억새로서 할 일이 있는 것이지요. 내년에 어린 억새들이 다 자랄 때까지 버팀대가 되어 주는 것이지요."

"아, 그렇구나!"

우리가 무심히 지나쳐 버리기 쉬운 억새풀 하나에도 이런 깊은 의미가 깃들여 있는 것을……

귀먹은 어머니와 아들

어떤 마을에 귀먹은 할머니가 살고 있었다.

그에겐 아들이 있었는데, 산에 가서 나무를 해다 팔아서 먹고 살았다.

아들은 장에 나갔다 오면 장터 이야기를 귀먹은 어머니에게 들려주었다. 마을에서 일어난 일도 빠뜨리지 않고 들려주었다.

귀먹은 사람에게 무슨 소용이냐며, 마을사람들은 아들이 미쳤다고 했다.

그러자, 아들은 웃으며 동네사람들에게 말했다.

"여러분 부모들도 그렇게 해주면 좋아하실 것입니다."

그 뒤, 그 마을은 효자마을이 되었다.

형제 사랑

수나라 때 인물인 우홍에게는 우필이라는 아우가 있었다. 우필은 술버릇이 고약했다. 그러나 우홍은 아우의 술주정을 늘 너그러이 봐주고, 아우의 의견을 항상 경청하였다.

그러던 어느날, 우필이 술이 잔뜩 취해서 주정을 부렸다. 그러다가 형의 수레를 끄는 소를 활을 쏘아 죽이고 말았다.

화가 난 우홍의 아내가 이 일을 우홍에게 일렀다. 그러나 우홍은 허허 웃으며 말했다.

"그럼, 가죽을 벗기고, 고기는 포를 떠서 먹읍시다."

아내는 연신 안달이었지만, 우홍은 아무 일도 아니라는 듯이 책을 읽으며 "말이 많구려. 가서 고기나 포로 뜨지요. 부인."

하고 아우의 잘못을 덮어주었다.

우홍은 아우의 잘못보다도 형제간의 오랜 우의와 신뢰를 더 가상히 여겼기 때문이다.

강감찬 장군의 빈 밥그릇

  고려의 명장 강감찬 장군은 키가 작은 단신이었다. 외국 사신들은 키가 작은 그의 외모를 보고 여러 차례 몰라보았다. 그래도 그릇이 큰 강감찬 장군은 싫은 내색 한번 비치지 않았다.

  한번은 전투에서 크게 승리하여 임금이 주제하는 승전의 큰 잔치가 있었다. 그때 잔칫상에는 맛 있는 음식들이 푸짐히 차려져 있었다. 그런데, 강감찬은 자신의 밥그릇이 비어 있음을 알고 적이 놀랐다. 주방의 일꾼들의 실수였지만, 그것은 내관의 책임이었다. 임금도 함께한 자리에서 그 사실이 알려지면 내관은 보나마나 곤장감이었다.

강감찬은 몰래 내관을 불러서
"밥이 식었으니, 다른 걸로 바꿔주게나"
하며 빈 밥그릇을 내관에게 건네주었다.
그리고는 눈을 찡긋해보였다.
강감찬의 넓은 이해와 아량으로 내관은 곤장을 면하였다.

<종이거울 자주보기> 운동을 시작하며

유·리·거·울·은·내·몸·을·비·춰·주·고
종·이·거·울·은·내·마·음·을·비·춰·준·다

<종이거울 자주보기>는 우리 국민 모두가 한 달에 책 한 권 이상 읽기를 목표로 정한 새로운 범국민 독서운동입니다.

국민 각자의 책읽기를 통해 우리나라가 정신적으로도 선진국이 되고 모범국가가 되어 인류 사회의 평화와 발전에 기여하기를 바라는 마음으로 이 운동을 펼쳐가고자 합니다.

인간의 성숙 없이는 그 어떠한 인류 행복이나 평화도 기대할 수 없고 이루어지지도 않는다는 엄연한 사실을 깨닫고, 오직 개개인의 자각을 통한 성숙만이 인류의 희망이고 행복을 이루는 길이라는 것을 믿기 때문입니다.

이에, 우선 우리 전 국민의 책읽기로 국민 각자의 자각과 성숙을 이루고자 <종이거울 자주보기> 운동을 시작합니다.

이 글을 대하는 분들께서는 저희들의 이 뜻이 안으로는 자신을 위하고 크게는 나라와 인류를 위하는 일임을 생각하시어, 흔쾌히 동참 동행해 주시기를 간절히 바랍니다. 감사합니다.

2003년 5월 1일

<종이거울 자주보기> 운동 공동대표 조홍식 이시우 황명숙

① 먼저 <종이거울 자주보기> 운동 가입신청서를 제출합니다.
② 매월 회비 10,000원을 냅니다.(1년, 또는 몇 달 분을 한꺼번에 내셔도 됩니다.)
　국민은행 245-01-0039-101(예금주;김인현)
③ 때때로 특별회비를 냅니다. 자신이나 집안의 경사 및 기념일을 맞아 희사금을
　내시면, 그 돈으로 책을 구하기 어려운 특별한 분들에게 책을 증정하여
　<종이거울자주보기> 운동을 폭넓게 펼쳐갑니다.

<종이거울 자주보기> 운동의 회원이 되면,

① 회원은 매월 책 한 권 이상 읽습니다.
② 매월 책값(회비)에 관계없이 좋은 책, 한 권씩을 귀댁으로 보냅니다.
　(회원은 그 달에 읽을 책을 집에서 받게 됩니다.)
③ 저자의 출판기념 강연회와 사인회에 초대합니다.
④ 지인이나 친지, 또는 특정한 곳에 동종의 책을 10권 이상 구입하여 보낼 경우
　특전을 받습니다.(평소 선물할 일이 있으면 가급적 책으로 하고, 이웃이나
　친지들에게도 책 선물을 적극 권합니다.)
⑤ <도서출판 종이거울> 및 유관기관이 주최 · 주관하는 문화행사에 초대합니다.
⑥ 책을 구하기 어려운 곳에 자주, 기쁜 마음으로 책을 증정합니다.
⑦ <종이거울 자주보기> 운동의 홍보위원을 자담합니다.
⑧ 집의 벽 한 면은 책으로 장엄합니다.